普 天 之 下 · 盡 是 好 書
普天出版家族
Popular Press Family
凌雲文創
A Plus Creative Company

A
LITTLE
PRINCESS

# 小公主

## 用心靈力量面對人生風暴

一個心地純潔仁慈、聰明而愛幻想的小女孩，氣質風度就像皇室公主那樣高尚優雅，
儘管遭逢生命巨變，父親不幸驟然過世，自己淪為女傭，陷入淒慘不堪的處境之中，
仍然不忘時時鼓勵自己和別人；即使面對人生過程中難以抵禦的風暴，
也要求自己保持著內在的純真善良，關懷體恤週遭比自己更可憐的人。
「小公主」莎拉靠著自己的心靈力量，度過了一段艱難坎坷的生活磨練，
終於重新過著幸福快樂的生活，贏得了大家的敬重和友誼。
她的的心靈成長故事，充滿著溫馨感人的慈愛與辛酸，
情節曲折離奇，讀來讓人深受感動……

法蘭西絲・H・勃內特 *Frances.H.Burnett* 著

出版序

# 國際經典名著，《莎拉公主》原著小說

勃內特用優雅細膩的文筆、平易的語言和豐富的想像力，把一個心性仁慈善良的「小公主」的悲慘遭遇和心靈成長，鋪陳得極為精采動人。

《小公主》是國際著名女作家法蘭西絲．勃內特的成名代表作之一，一部經常被改編成電視劇、動畫片的精采小說。

故事的內容，描述一個心地純潔仁慈、聰明而愛幻想的小女孩莎拉，氣質風度就像皇室公主那樣高尚優雅，儘管在求學期間父親不幸驟然過世，自己淪爲女傭，陷入淒慘不堪的處境之中，仍然不忘時時鼓勵自己和別人；即使面對一場對一般人來說難以抵禦的風暴，也要求自己保持著內在的純真善良，不忘時時關懷體恤週遭比自己更可憐的人。

「小公主」莎拉的心靈成長，充滿著溫馨感人的慈愛與辛酸，情節曲折離奇，讀來讓人深受感動。

「小公主」莎拉出生在英國殖民地印度，出生之時就失去母親，父親萊福庫爾則是派駐印度的上尉軍官，也是一位溫文儒雅的紳士，相當疼愛她，將她視爲最珍貴的掌上明珠。莎拉七歲那年，她的父親爲了讓她接受更良好的教育，不得不忍痛與愛女分離，將她送回倫敦，寄宿於明真女子學校接受教育。

明真女子學校的校長是個現實、勢利、虛榮的婦人。起初，由於庫爾上尉家境富裕，出手十分大方，因而將莎拉吹捧爲學校的榮耀，處處都特別禮遇優待。這種偏頗的行徑引起了拉碧雅等幾個嬌蠻女孩子的嫉妒，於是想盡了辦法要與莎拉敵對。儘管如此，莎拉的仁慈、善良和聰明，還是贏得了大多數同學的敬重和友誼，稱她爲「小公主」。

豈知，就在莎拉十一歲生日的那天，接到了一項讓她傷心欲絕的不幸消息，她的父親庫爾上尉因爲與朋友合夥開採鑽石，事業失敗，賠盡了所有的財產，憂憤之餘感染熱病，猝然去世。

噩耗猶如晴天霹靂，擊碎了莎拉的幸福美夢，從此，她變成了一個無依無靠的孤兒。校長聞訊暴跳如雷，態度立刻一百八十度轉變，擺出冷峻嚴酷的面孔，竟使得她淪爲學校裡的女傭。除了亞美、蓓琪等幾個心地善良的小女孩之外，學校裡所有的人都欺負她，對她百般嘲諷挖苦。

儘管處境十分淒慘，莎拉仍然不斷鼓勵自己，不管現實生活再怎麼艱苦，也要在內心保持公主的風度，盡力去幫助更加可憐的人。

不久之後，明真女子學校的隔壁，住進一位神秘而富有的印度紳士，開始暗中幫助莎拉。原來，此人就是與庫爾上尉合夥開採鑽石的那位朋友。他們的開礦事業最後成功了，但是在這之前，由於種種陰錯陽差的誤會，導致庫爾上尉誤以爲自己傾家蕩產，不幸患病死亡。這位紳士愧憾之餘，便費盡千心萬苦尋找好友之女。

經過幾番周折，一切終於真相大白，印度紳士赫然發現自己一直幫助的那個可憐女孩，原來正是長期以來尋尋覓覓的人。

莎拉靠著心靈力量，度過了一段艱難坎坷的生活磨練，終於重新過著幸福快樂的生活，贏得了大家的敬重和友誼。繼承了應有的龐大財富之後，她更加堅強善良，決心盡最大的努力，像一位仁慈的公主一樣去幫助那些貧困的人們……

《小公主》描述了人性美善與醜陋，以及幫助每個人在困境中成長的神奇心靈力量，是二十世紀最著名的英國女作家法蘭西絲．霍奇森．勃內特的代表作，也是二十世紀最受推崇、最暢銷的文學作品之一，推出之後就造成轟動，獲得熱烈迴響，成爲英文世界的共通語言。

法蘭西絲．勃內特，是二十世紀影響力最深遠的國際暢銷女作家。生於英國曼徹斯特市，後來移民美國田納西州。由於對成長中的心靈力量非常敬畏，因此「成長中的內心秘密」一直是她作品中的重要元素，並且試圖透過這股神奇力量來解決心靈深處的衝突矛盾，代表作有《秘密花園》和《小公主》《小公子》……等書，影響力穿透整個二十世紀。

在這個故事中，法蘭西絲．勃內特用優雅細膩的文筆、平易的語言和豐富的想像力，將成長經歷和人生體驗融入情節中，把一個心性仁慈善良的「小公主」的悲慘遭遇和心靈成長，鋪陳得極爲精采動人。

《小公主》是風行國際的文學作品，也是讓人深受感動的經典名著，先後被翻譯成數十種語文，不但創下全球銷售數千萬冊的成績，還不斷被改編成電影、電視、動畫、話劇、舞台劇……

在英語文學裡，這部小說是公認的無年齡界限的精品，打通雅俗之間界限的巨著，既登上嚴肅的文學殿堂，也是流行市場的大贏家，不容錯過。

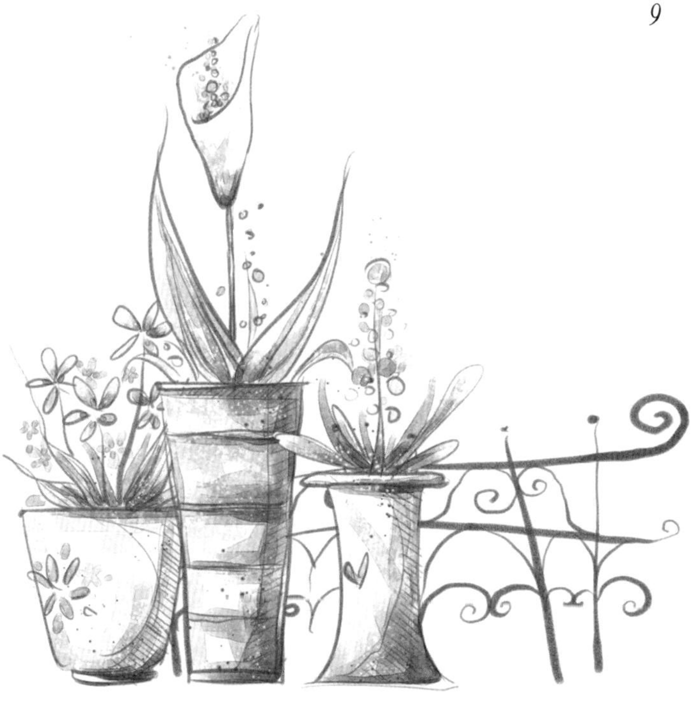

第 *1* 章

# 令人欣羨不已的新同學

英國首都，倫敦。

一個陰冷而灰暗的星期日下午，一如往常，整個市區完全籠罩在層層濃霧之中。大街上行人三三兩兩地行走著，街道旁家家戶戶幾乎都點上了燈，彷彿已經到了夜晚一般。

「明真女子模範學校」是一所高級女子寄宿學校，座落在倫敦繁華鬧區的街道上。由於今天是星期日，許多學生都待在校舍裡的閱覽室內，有些正在閱讀書籍，有些則聚在壁爐前面聊天。

突然，一位小個子的女孩子匆匆忙忙地推門進來，大聲嚷嚷著：「喂！注意聽著，我可有重大的消息要告訴妳們喔！」

幾個原本坐在壁爐前面正在閒聊的女孩子一起轉過頭來，搶著問道：「潔西小姐，到底是有什麼重大消息？妳怎麼慌慌張張的啊？」

「對啊！發生了什麼事情？」

「難不成待會兒會有好吃的點心吃？」

潔西用力地搖搖頭說：「不是，都不是。妳們都猜錯了，才不會是這種好事呢！各位，妳們當中，有誰看過那位新來同學的房間呢？都沒有吧！一定要趕快過去看看，那可真不得了耶！」

「咦！怎麼說？」大家都感到不解。

「妳們都不知道，她的房間實在是太豪華了！我們不都是兩個人或三個人同住一個房間嗎？她卻一個人就佔了兩個房間，一間是寢室，另一間是書房。而且，我告訴妳們，裡面的裝潢也漂亮極了！無論是地毯、桌子、椅子，還是其他的用具，每一樣都相當講究！她的房裡還有窗簾和坐墊，簡直就像是高級飯店的豪華套房！說說看，我們學校裡，有誰住過這麼豪華的房間呢？」

潔西迫不及待一口氣說完之後，十分神氣地望著所有人驚奇的臉色，爲自己挖掘出沒有人知道的重大新聞而得意。

「哇！照妳這麼說，這也未免太漂亮了吧！」

女孩們驚訝得睜大了眼睛，聽了潔西的這番報告之後，彼此相互注視著，覺得實在不可思議。突然，從書架旁邊，傳來一道相當尖銳刺耳的聲音：「潔西！妳剛剛說的都是真的嗎？」

大家回頭一看，哦！原來是「女王」拉碧雅發出的問話。她手裡正拿著一本翻了一半的書籍，身體直挺挺地站在那裡，滿臉不悅。

「當然是真的啊！拉碧雅小姐。」潔西連忙客氣地回答說。

話說這位拉碧雅小姐，是個嬌生慣養的富家女，有些小聰明，容貌也算長得不賴，經常穿著華麗昂貴的衣服。令人頭疼的是，她的個性相當驕蠻，在學校裡習慣以女王自居，要是有人敢不聽從號令，就會想盡法子欺負對方，所以同學們都很怕她，個個都對她敬而遠之。

表面上，她們總是儘量保持溫和客氣的態度，以免觸怒了拉碧雅女王，尤其是個子嬌小的潔西，在她面前更是服服貼貼，簡直像侍從一樣。

「拉碧雅小姐，妳要不要過去看看？」潔西一面觀察著拉碧雅的臉色，一面小心翼翼地說著。

「妳說，那房間在哪裡？是在二樓，還是在三樓？」

「嗯！在二樓的盡頭，就是那個一直沒人住的『特別房間』嘛！」

「是那個房間啊！」

拉碧雅一聽到是那個「特別房間」，臉色倏然大變，眼中發出烈焰一般熊熊燃燒的嫉妒和怒火。

進入明真學校就讀以來，拉碧雅一直認爲自己是全校同學當中家境最富裕、最有錢的，校長也一直最看重她、最喜歡她，對此感到相當驕傲。現在聽了潔西這麼繪聲繪影地描述新同學，不禁充滿敵意地想道，對方可能比自己還要有錢，校長也可能因此而更看重她。

現在，事實已經擺在眼前了，連自己都沒能得到的「特別房間」，校長居然讓她單獨享用了兩間。這件事造成的打擊，無疑像個晴天霹靂。她猛然驚覺，自己在學校獨一無二的地位，已經發生動搖了。

想著想著，拉碧雅生氣地把手裡的書猛力地往桌上一摔，大聲叫嚷說：「哼！好吧！我們就去看看！」

拉碧雅一面叫嚷著，一面氣沖沖地走出閱覽室，其他充滿好奇心的女孩子都跟隨在她背後準備看熱鬧，魚貫走出。

當一群人推推擠擠來到二樓盡頭的特別房間面前時，房門恰巧打開著，有兩個女傭正在裡頭，忙著整理剛由百貨店裡送來的東西。

拉碧雅看到那一堆小山似的物品，不禁愣在當場。打量過室內的精美傢俱和華麗裝飾之後，心裡更加感到惶恐不安。

此時，站在她背後的小女孩們，接二連三地發出讚嘆的聲音。

「哇！真是漂亮啊！」

「這麼華麗，簡直就像高級飯店的套房嘛！」

拉碧雅聽了，故意冷笑著說：「哼！有什麼了不起？只不過是暴發戶的低級趣味罷了。看起來土裡土氣的，一點也不高雅！」

充滿嫉妒的語氣太過唐突，而且顯得暴躁，小女孩們瞬間都安靜了下來，不敢再多話。她們早就見識過了，和女王作對，簡直比和校長作對還要可怕。

「喂！我可以進去參觀一下嗎？」

還沒等女傭回答，拉碧雅已經大刺刺地闖進了房裡去。

她一副假裝隨意參觀的模樣，忽然趁大家不注意的時候，很敏捷地蹲了下去，迅速將一個放在腳邊的紙盒打開，一看之下，面色大變。盒子裡面裝的竟然是一件非常昂貴的貂皮大衣，這種豪華大衣，連她的母親都很少穿。

「喔……」她驚歎了一聲，能夠穿這麼高貴外套的孩子，她的衣服又會是如何華麗呢？還有，她的手套、皮鞋、襪子……

真讓人受不了！她吸了口氣，按捺住情緒，表面上故意裝作蠻不在乎的樣子，轉身問女傭：「喂！我問妳，那個新來的叫什麼名字？今年多大年紀了？」

「嗯……大概有七歲了吧？名字是……」答話的女傭似乎不甚清楚，便問另一人說：「瑪莉，那位小姐叫什麼名字？」

另一個女傭想了一想，回答說：「一時之間我也想不起來，只記得好像是個非常可愛的名字。」

「喔，對了，是莎拉小姐，莎拉．庫爾。」

「那麼……那位莎拉小姐的家裡，是不是非常有錢啊？」其實，這才是拉碧雅最關心的事情。

兩個女傭立刻就如同談起自己家裡的事情似的，非常起勁地說了起來。

「是的，是的。據說是非常有錢的人家呢！小姐的爸爸是派駐印度的軍官，擁有大筆的財富，莎拉小姐是他非常疼愛的獨生女，所以只要是爲了她，花費再多金錢也在所不惜。聽說，這次光是爲了讓她來明真學校讀書，他就已經準備了好幾萬英鎊！」

小女孩們忍不住又發出驚訝的叫聲。

「什麼！好幾萬英鎊？」

「哇！那麼多啊！」

「唉唷！連校長自己都說，她可是這個學校開設以來最了不起的學生，而且非常引以爲榮。根據介紹她到本校來的那位太太說，光是跳舞的衣服，她就有十套，雖然她只不過是個七歲的小孩子。」

「聽說明天還會有一位法國女傭要來，是莎拉小姐的父親特地從巴黎僱來，專門服侍她的。」

「哇！」大家驚歎不已，彼此面面相覷。這位新同學確實了不起啊！簡直就像童話裡的公主一般。

在場的人當中，只有拉碧雅不像其他人那樣讚嘆連連，冷笑了一下，不悅地說：「不管她多麼有錢，無論她擁有多少漂亮衣服，都沒有用！她從小在印度長大，她的皮膚一定和印度人一樣黑！」

「咦！爲什麼呢？雖然她在印度出生，可是她到底不是印度人啊！難道白種人在那裡出生，也會跟著變黑嗎？」

拉碧雅神氣地說：「那是當然的囉！因爲印度是個非常炎熱的地方，而且是個貧窮落後的國家。據我看來，那個孩子一定非常粗野，又黑又醜，沒有教養，根本不懂禮貌，就像山上的野猴子一樣……」

她越說越激動，整張臉都漲紅了。雖然聽者都知道她只是嫉妒，但誰讓是她是人見人怕的「女王」呢，沒人敢加以反駁。

「好了，沒什麼好看的，我們走吧！」

隨著拉碧雅，眾人尾隨在她身後離開。這時，霧氣越來越濃了，走廊裡顯得十分昏暗，似乎接近黃昏了。

第2章

# 濃霧裡的城市

「喀囉！喀囉！」籠罩在乳白色濃霧裡的倫敦市區，一條行人稀疏的大街上，一輛大型馬車正緩緩地向前行駛。

馬車中，坐著一位氣質高雅、英俊瀟灑的中年紳士，和一個看來非常可愛聰明的七八歲小女孩。

小女孩趴在馬車的車窗口，滿臉好奇地張望著外面的景色，過了好一陣子才開口說：「爸爸，這兒真奇怪，明明是下午，卻好像是已經夜晚了呢！」

確實，在乳白色的濃霧之中，街道兩旁的路燈和商店的霓虹燈都顯得朦朧模糊，就好像夜晚的景緻一般。

望著興致高昂的小女孩，若有所思的中年紳士微笑著點點頭說：「是啊！可不是嗎？真像是夜晚了。倫敦經常是這樣子的，因為霧氣實在太濃了，所以即使是白天也得點燈才行。」

「灰濛濛的燈光真是美麗啊！」

「嗯，的確很美麗。莎拉，我知道，到了這樣煙霧縹緲的地方，妳一定又在腦海中編出許許多多的故事了，是不是啊？不過，我要告訴妳，沒有霧的時候，倫敦市區的景色比現在還要更美！莎拉……」

中年紳士的話還沒說完，不知怎地，小女孩的臉色驀然變得憂鬱哀傷，聲音微帶顫抖，低低地道：「爸爸，這就是『那個地方』嗎？我們已經來到『那個地方』了嗎？」

中年紳士的表情微變，內心似乎激動地起伏著，但只是默默而愛憐地凝視著小女孩的臉龐，一句話也沒有說。

坐在馬車裡的這兩個人，正是準備前往「明真女子模範學校」的莎拉·庫爾和她的父親萊福·庫爾。

萊福·庫爾是英國皇家軍隊派駐印度的上尉軍官，名下擁有很多的財產，遺憾的是，與他十分恩愛的美麗妻子在七年前不幸去世，身邊只有莎拉這個獨生女兒作伴。可以說，她是他僅有的慰藉和希望。

時光飛逝，一轉眼莎拉已經滿七歲了，爲了讓女兒回英國接受良好的教育，萊福·庫爾不辭辛苦，經過漫長的海上航行，終於把她帶回倫敦。

雖然莎拉只有七歲，但是由於個子高䠷，而且很聰明懂事，外表看來像是個十歲左右的孩子。

由於生下來不久，母親便感染瘧疾去世，母親是個什麼樣的人？她一點印象都沒有，並不會太思念。在她心目中，只敬愛溫文儒雅、態度莊重的父親，認定了他是自己在世上僅有的親人。

莎拉和庫爾上尉不僅感情深厚，而且是彼此最好的旅伴。莎拉認爲，只要能夠和父親一起，無論什麼時候、無論在哪裡，她都不會覺得寂寞。

同樣的，對庫爾上尉來說，就算擁有龐大的財產，假如不能爲女兒帶來幸福，那些錢財便完全沒有價值。

但是，這對幸福快樂的父女，心中都記掛著一件令他們憂傷的事。只要一想起「那個地方」，便會感到悶悶不樂。

「那個地方」就是英國，莎拉的祖國，也是她一旦到了入學年齡便必須前去的地方。

印度的教育環境相當落後，派駐到那裡的英國人和其他西方國家人士，都習慣將自己的小孩送回本國接受教育。

自從開始懂事起，莎拉便時常看見其他孩子被送回英國，或者聽到父親的同僚說起他們的兒女從英國來信的事情。於是，小小的心靈隱約意識到，早晚有一天，自己也必須離開父親，到「那個地方」去。

雖然父親常常告訴莎拉許多有關祖國的故事，譬如航海、風景、習俗……令喜歡幻想的她感到新奇有趣，但一想到去「那個地方」，等同於從此遠離唯一的親人，她的心就非常痛苦。

莎拉常常這樣說：「爸爸，說起來，我並不是不喜歡去『那個地方』，只是，我實在不願和您分開呀！所以，我希望到『那個地方』去的日子，永遠永遠都不要到來。」

遇到這種情形，庫爾上尉只能勉強裝出笑容，安慰女兒說：「爸爸知道，可是，莎拉，妳不能不去『那個地方』啊！妳必須接受良好的教育，將來才能成為學識淵博的人。而且，在『那個地方』，有很多和妳一樣大的小朋友，妳一定會過得很快樂。爸爸也會常常寄一些有趣的故事書給妳看，妳是不會寂寞的。想想看，妳在『那個地方』可以學到很多高深知識，也可以見到各式各樣的東西，將來會變成一個更聰明、更可愛的小公主。等有一天，再回到印度的時候，一定能好好照顧爸爸，照顧得比現在還棒，不是嗎？」

聽到父親這麼說，莎拉心裡便覺得開朗多了。她一直希望替父親整理家務、做他談話的夥伴、幫他閱讀書籍，或者在他宴請客人的時候，親自做出好菜招待客人。為了把這些事情學好，自己應該高高興興地到「那個地方」才對。

其實，莎拉並不十分喜歡結交朋友，不過，聽到爸爸說還會寄很多故事書給她，便感到非常期待。因為，她最喜歡看書了，只要有書可以看，她寧願犧牲其他物質上的享受。

莎拉是個相當富有想像力的小女孩，常常將書上的材料編成許多有趣的故事，更喜歡把這些故事說給其他人聽。她編過很多有趣的故事，庫爾上尉一直非常喜歡聽。可是，去了「那個地方」以後，就不能再講故事了，只能孤單一個人看故事書，或用功唸學校的課本……

莎拉幽幽地說：「爸爸，我還是……不喜歡去『那個地方』！」

可是，無論如何，現在的她，還是來到了「那個地方」。

「好吧！既然我們已經來到『那個地方』，我就只好想開些了！」

小小年紀的女兒，講話的語氣就好像懂事的大人一樣，庫爾上尉聽了，不覺露出欣慰的微笑，回答說：「是啊！莎拉，妳真是個聰明懂事的好孩子。爸爸聽了很高興，我們應該打起精神，趕快去迎接可愛的艾美寶寶。」

一聽到艾美寶寶，莎拉臉上不禁露出喜悅，恢復了活潑。「啊，對了！艾美寶寶還在等著我們去帶她呢！」

馬車走在倫敦市區，就是為了尋找「艾美寶寶」，那是莎拉為洋娃娃取的名字。想像力極為豐富的她，並不認為現在是要去買一個洋娃娃，而是天真無邪地幻想著，有個叫做艾美寶寶的洋娃娃，正在某個地方等待著，自己現在正是去迎接獨一無二的艾美寶寶。

「爸爸，我心裡真的好想趕快把艾美寶寶抱回來喔！她到底是在什麼樣子的店裡呢？」

馬車走到十字路口，轉了個彎，駛進一條開設有許多玩具店的小街道。街道兩旁，美麗的櫥窗裡，擺放著許許多多、各式各樣裝飾得非常漂亮的洋娃娃。

「爸爸，不如我們就在這兒下車，一家一家慢慢地看吧！萬一找不到艾美寶寶，可就糟了！」

庫爾上尉於是帶著莎拉下了馬車，冷冽的空氣中，兩人沿著街道漫步，一家一家地耐心看起來。

不久，來到一家玩具店門口，庫爾上尉指著一個洋娃娃說：「莎拉，妳看這個好漂亮，是她嗎？」

莎拉搖搖頭，「不是，那不是艾美。」

繼續走了一會兒，庫爾上尉又指著櫥窗問：「莎拉，艾美不就在這裡嗎？妳看，她多麼可愛啊！」

莎拉又搖頭，「不是，她不是。」

就這樣一家又一家地找，卻一直沒有找到莎拉心中的艾美寶寶，莎拉臉上漸漸浮現出失望神色。

不想再往前幾步，走到一家門面較大的玩具店門口，她忽然跳了起來，拉著庫爾上尉大聲叫道：「爸爸，艾美就在這裡！艾美寶寶就在這裡！」

話音一落，她跑近櫥窗，把小臉緊緊地貼在窗玻璃上，睜大了眼睛直往裡面瞧。庫爾上尉見狀，趕緊快步走到女兒身邊。

「爸爸，您看，那就是艾美寶寶！您瞧，她是多麼的可愛呀！她一定在這兒等了我們很久了。」

那是個大約有六十公分高的大型洋娃娃，有著一頭漂亮的金色捲髮，像斗篷似的輕柔地披在兩邊肩膀上。一對美麗的淺藍色大眼睛十分生動，好像真的正望著莎拉一般。

莎拉急急忙忙拉著父親的手，用跳舞似的腳步快樂地跳進店裡，「爸爸，我好高興！我們終於找到她了。趕快進去抱她吧！」

玩具店的服務小姐才剛剛把洋娃娃從櫥窗裡拿出來，莎拉就迫不及待地接過，把她緊緊摟在懷裡，不斷親吻著她的小臉蛋說：「對不起，艾美寶寶，讓妳等了那麼久。現在我們已經在一起了。從今天起，我就是妳的好朋友，也是妳的媽媽了！好不好呢？」

天真爛漫的神情和惹人愛憐的動作，不但令庫爾上尉感到高興，就連在旁邊望著她的服務小姐，也不由得露出了愉快的微笑。

買下艾美寶寶之後，庫爾上尉又帶著莎拉到附近的童裝店裡，爲艾美寶寶訂做了兩套和小主人一模一樣的漂亮服裝。

莎拉像是媽媽對女兒說話一樣，用溫柔的語氣說：「艾美寶寶，妳覺得高興嗎?這些衣服都是妳的喔！」說完，又忍不住親吻起她的臉。

庫爾上尉既高興又難過，默默地看著莎拉天真無邪的舉動。想到從今天之後，自己將要忍受和可愛的女兒分開許多年的痛苦，心中充滿了不捨，難過得像是要被撕裂似的。

可是，他別無選擇。一想到心愛的莎拉的前途，他也只好將離別的悲傷深深地埋藏在心底。

第3章

# 與父親分別

離別的日子終於到來。

翌日一早，莎拉緊抱穿著粉紅色衣裳的艾美寶寶，隨父親坐上馬車，前去「明真女子學校」報到。

馬車逐漸駛近學校大門，莎拉遠遠地看見了用紅磚砌成的方方正正的建築物，不知怎地，心裡突然湧起一陣莫名其妙的憂鬱和厭惡感。

或許，這正是所謂的預感吧！

馬車停下不久，學校大門打開了，一個表情淡漠的中年婦人走了出來。她的面孔冷峻，瞬間令莎拉聯想到四四方方、刻板冰冷的校舍。

「是庫爾上尉嗎？我就是本校的校長明真，請多多指教。」

她熱情地向庫爾上尉打招呼，那勉強的模樣，似乎是拚命想從嚴峻的臉上擠出一絲絲笑容來。冷酷的眼睛瞪得大大的，就跟魚的眼睛一樣。

庫爾上尉優雅而鄭重地還禮，說道：「我是萊福．庫爾。這次承蒙校長您多方關照，實在非常感謝。這就是小女莎拉。莎拉，快問候校長啊！以後還得請校長多加關照，多加管教呢！」

莎拉露出甜美的微笑，恭恭敬敬向明真校長行了個禮，就像以往在印度家中，對前來拜訪的客人那樣。

「啊！這個小女孩真是聰明懂事，而且長得多麼可愛啊！能夠教導這樣一位氣質出眾的小姐，我真是太榮幸了。」

明真校長講話的口吻相當誇張，嘴裡吐出的都是恭維和讚美之辭。

這些話語，是她每次接待新生的父母時都要說上一遍的客套話，不過，今天顯然說得特別賣力。

爲什麼呢？因爲庫爾上尉非常有錢，而且十分捨得爲女兒投下鉅額金錢，這使得他成爲特別喜歡有錢人家、虛榮心極爲強烈的明真校長心中認定的非得刻意拉攏不可的對象。

禮貌性的寒暄過後，明真校長請庫爾父女前往學校會客室。一邊走，一邊不忘繼續讚美莎拉，「像這樣聰明可愛的小姐，一定會很用功的！」

庫爾上尉笑著切斷她的話說：「可是，校長，這孩子非常奇怪，太喜歡看書了。在家裡，從早到晚都和書本分不開。據我看，她根本不是讀書，簡直是在跟書拚命，一見到書，就像小老虎見到獵物似的，幾乎要把書本吃掉……」

「是這樣啊？那可太好了，咯咯咯……」明真校長再度顯出極度誇張的表情，笑了起來。

莎拉見了心裡忍不住想：「雖然從來沒有人看過魚笑，不過我想，要是魚真的會發笑，大概就像這個樣子。」

庫爾上尉說：「就是這樣，所以我想拜託校長，在教導她讀書之餘，還能讓她多多玩耍。我知道，這是件非常麻煩的事情，不過，還是請您替她購置一輛外出用的小馬車和一匹小馬。星期天的時候，請多帶她到郊外遠足或野餐吧！她實在太專心於書本了，我很擔心因此而影響她的健康。」

「是的，我知道了。一切都會遵從您的建議去做，至於莎拉小姐的健康狀況，我也一定會極力注意。」

「謝謝您，請您多多關照。假如這孩子需要什麼東西，就請您就給她買吧！不論花多少錢都沒有關係。」

「好的，好的。」

庫爾上尉的表情滿溢著感傷，繼續鄭重地囑託：「莎拉從小就失去了母親，實在是個可憐的孩子。請您把她當作自己的女兒看待，多多照顧她，日後，我一定好好地答謝您。」

「當然，這是當然的。令千金在我這裡，我一定會盡心盡力加以照顧的，請您儘管放心。」

接著，明真校長把父女兩人帶到二樓盡頭的特別房間去。昨天，她可花了一整天的時間，親自督導她的妹妹米亞和幾個女傭精心佈置了一番，把那個房間裝飾得非常漂亮。

進入房間，明真校長堆起滿臉的笑容，頗為得意地說：「這裡就是莎拉小姐的房間。所有的行李都已經送到了，請您檢查一下。還有那位法國女傭，大概今天就會抵達，一切都準備好了。」

「好的，非常感謝您。」

「那麼，請兩位慢慢地談吧！不打擾了。」

退出房間之前，明真校長又露出魚一般的笑。

門關上了，莎拉和庫爾上尉兩個人默默無語，並肩坐在窗邊的長椅子上，傷心地低頭望著腳底下的地毯。最讓人悲傷的別離時刻已經迫在眼前，莎拉心中的「那個時候」終於來到了。

莎拉學著大人堅強的樣子，緊閉著嘴唇，緊咬著牙齒。雖然內心非常痛苦，但還是竭力忍耐，不希望自己的眼淚流出來。只是，不知不覺中，地毯上的花紋有些模糊了。

「爸爸……」她小聲地喚著，仰頭看著父親。

庫爾上尉把她抱在膝上，「莎拉……」

莎拉的雙眼被淚水模糊了，用力凝視著父親慈祥而親切的臉孔，像是要將它深深地刻印在腦中似的。

庫爾上尉見狀，強忍著心中的哀傷，極力地笑了笑：「莎拉，妳是不是想要記住爸爸的模樣？」

莎拉回答：「不是的，爸爸，我早就把您的模樣記得清清楚楚了。不管什麼時候，您的樣貌都會深埋在我心裡。」

庫爾上尉情不自禁地將她緊緊抱在懷中，吻著她的頭髮。

離別終究是難免的。終於，他鬆開了手，吻著女兒的額頭，溫柔地說：「那麼……莎拉，爸爸就要走了。妳可要注意身體，聽從老師的教導，和同學們和睦相處。我知道妳一直是個好孩子，一定會聽我的話的。」

莎拉低聲回答：「是的，爸爸，我知道了。請您也要保重身體，可千萬別生病了。從今天起，我不能再像以前那樣，在您的身邊照顧您了。」

「謝謝妳，莎拉。我們兩個人都不要生病，而且處處都要小心，耐心地等待下一次見面的日子到來。莎拉不在身邊，爸爸雖然很難過，但是爸爸會儘量忍耐的。如果妳感覺寂寞的話，也要儘量忍耐，要用功讀書。想要什麼東西，儘管告訴校長，她會替妳買的。」

啜泣著的莎拉依舊將頭埋在父親的懷裡，斷斷續續地說：「我……我什麼都不要，只希望……只希望爸爸能常常寫信給我。爸爸，請您給我寫很多很多信，好不好？只要我看見爸爸寄來的信，就感到爸爸就在我的身邊，也就不會覺得難過了。」

庫爾上尉再一次把莎拉緊緊抱了起來，說道：「當然，爸爸每天都會給妳寫信，妳也要常常給我寫信喔！看見妳的信，我也會如同見到妳一樣。」說完這些，眼眸中強忍已久的眼淚，終於落到了莎拉的頭髮上。

他依依不捨地又吻了一下她的頭髮，說：「那麼，再見吧！莎拉！願上帝常伴妳左右，時時保佑妳。」

「爸爸，您一定要保重啊！」

兩個人睜大了飽含著淚水的眼睛，又依依不捨地對望了許久。

過了不久，庫爾上尉終於向明真校長告別，坐上了等待已久的馬車。莎拉抱著艾美寶寶依靠在窗口旁，靜靜地望著父親的身影。

馬車開始緩緩移動了，庫爾上尉從車窗裡伸出手來，大聲朝女兒喊著：「再見！莎拉！」

莎拉也揮舞著右手，大喊著：「再見！爸爸，再見！」

馬車奔馳著離開校園，車影越來越小，終於消失在馬路的盡頭。什麼都看不見了，可她仍舊一動不動地站在窗口。

第4章

# 校長的誤會

第二天早上，莎拉正式上課了，第一堂是法語課。

吃過早飯之後，剛從巴黎來的女傭瑪勒特幫莎拉把頭髮梳理好，並打上一個紅色的蝴蝶結，然後爲她穿上深藍色的制服。

上課之前，莎拉把艾美輕輕放在小椅子上，讓她坐著，然後翻開一本書，擺在她的雙膝上面，對她說：「艾美寶寶，我要到教室去了，妳就好好地在房間裡看書吧！」

瑪勒特在旁邊看著，不禁笑了出來，心想這位小姐是多麼天真啊！真是個像「大人」般的孩子呢！

雖然她和莎拉相處還不到一天，卻明白地看出了這位小主人與其他女孩的不同。她從來沒有見過像她這樣爽快、大方、文雅的孩子。

莎拉連對女傭說話的態度也是客客氣氣的，譬如，她會說：「瑪勒特，請妳幫我做點事，好嗎？」

事後也不忘客氣地說：「謝謝妳，瑪勒特。」

莎拉總是使用非常優雅而且禮貌的語氣對人說話，因此，瑪勒特非常樂意替她做事。今天一早，她就迫不及待向樓下的傭人們炫耀說：「我服侍的莎拉小姐簡直像是個貴婦人，不，簡直就像個小公主呢！」

「那麼，我要去教室上課了，再見，瑪勒特。」

莎拉快活地走出房門。

「小姐，再見！」

瑪勒特就像對待一位真正的公主一般，恭恭敬敬地把她送出門去。

莎拉走進教室的時候，其他的學生都已經坐在位置上了。

從昨天開始，大家一直都在談論新同學的事情，所以她一走進教室，所有人都用好奇的眼光一齊朝著她看。莎拉被看得有點不好意思，臉上微微羞紅，但舉止仍然落落大方，沉著地地走到明真校長安排的位子，坐了下來。

教室裡的學生們個個都睜大了眼睛。原來，拉碧雅說的完全不對，莎拉的皮膚不但不黑，甚至比班上任何人都還要雪白漂亮。而且，她的姿態和動作高貴優雅，足以使全班學生心裡充滿強烈的羨慕。

這一頭，有幾個人竊竊私語起來。

「妳看，她多麼漂亮呀！」

「真的，拉碧雅真是亂講話！」

那一頭也有兩三個人交頭接耳，彼此小聲地議論說：「妳看，她穿的襪子可是絲質的呀！」

「她的內衣都有華麗高貴的蕾絲花邊呢！剛才她坐下來的時候，我就偷偷看見了一點點！」

教室裡，只有拉碧雅一個人露出非常不高興的樣子，不屑地噘著嘴。

「妳看，那位小姐根本不像印度人。」潔西低聲地對她說，接著又不識趣地加上了一句：「而且，妳看，她的腳小得多可愛呀！」

拉碧雅刻意裝出不屑一顧的樣子，很不自然地說：「這有什麼稀奇！只要皮鞋做得好，無論誰的腳看起來都會很小。」

潔西一愣，知道女王生氣了，立刻閉起嘴巴。

這時候，明真校長走進教室裡來。

「大家安靜，不要講話！」她站在講台上，冷峻地向四周逡視了一下，然後說道：「現在，我向各位介紹一位新來的同學。莎拉小姐！」

莎拉連忙從座位上站起身。

「這位新同學叫莎拉．庫爾，從今天起正式到我們學校來，和我們一起上課。莎拉小姐來自非常遙遠的印度，以後大家要和她和睦相處，下課後也要和她多親近。知道了嗎？」

學生們都大聲回答道：「知道了。」

莎拉禮貌地向大家行了一個禮，同學們也都回了一個禮，只有拉碧雅擺出毫不在意的樣子，眼睛故意看向另一邊。

明真校長接著從桌上拿起一本法文書說：「莎拉小姐，請到這兒來。」

莎拉立刻快步走到校長面前。

「妳爸爸特別囑託我，要我替妳僱一個法國女傭。我想，他這樣做的用意，一定是希望妳能把法語學好。」

莎拉聽了，似乎有點困惑的樣子，但還是低著頭，一言不發。明真校長接著說：「所以，從今天開始，妳要好好努力用功讀書，尤其是把法語學好。」

莎拉聽了這番話，終於忍不住抬起頭來說：「校長，我……我從來沒有正式學過法語，而且……我……」

她想把心裡所想的事情說出來，但一時不知道該怎樣表達才好。明真校長卻打斷了她的話，說道：「好，好，如果妳沒有學過，那麼就從頭開始學吧！法語老師就要來了，妳先自己翻翻課本。」

莎拉看出明真校長根本不想聽她說話，覺得自己再說下去就太沒有禮貌了，只好低著頭走回座位。其實，莎拉已經會說相當流利的法語了。這是因爲她母親是法國人，庫爾上尉很懷念妻子所說的語言，自她去世以後，便開始教女兒法語，兩人時常用法語交談。

既然沒有解釋的機會，莎拉只好打開校長給她的書看了看。那是初級法語的單字課本，上面寫著：「父親叫做『兒．倍爾』，母親叫做『拉．美爾』……」通篇都是一些最基本的單字。翻了一下，覺得太過粗淺了，心裡有點想笑，趕緊極力忍住，臉上的表情一時有些不自然。

明真校長注意到她臉上的奇怪神情，忍不住問說：「莎拉，妳怎麼了?難道妳不願意上法語課嗎？」

「校長，不是的。我很喜歡讀法語，但是……」

明真校長聽了，不禁眉頭一皺，嚴厲地教訓她：「當師長問妳話的時候，不可以回答『但是』。」

「是的。」這次，莎拉又沒有說成。

拉碧雅看見莎拉受責備，低著頭坐下，不禁興災樂禍，低聲向旁邊的潔西說：「妳看，那孩子連一點兒法語都不懂！而且連最基本的話都講不好，果然是印度來的野猴子！」

這時候，法語老師進來了，是位樣貌瀟灑的中年法國人。明真校長立刻把莎拉的事情向他說明一番，並且還說：「她以前不曾學過法語，如今得從頭教起，恐怕很麻煩吧？」

法語老師望了望莎拉，微笑著說道：「那倒是沒有關係，我只希望她能夠好好地學習。」

校長一聽又說：「這孩子的父親非常希望她把法語學好，但是，她法語卻好像不太喜歡。」

「那樣可不太好哦！莎拉小姐。」

老師笑著走近莎拉的座位，對她說：「剛開始學的時候，妳也許會覺得有些困難，但只要持續不懈地學習，慢慢就會產生興趣。」

這時候，莎拉終於像是下了決心似地，鼓起勇氣站了起來，用清脆優雅而又準確的法語回答：「老師，我很喜歡學習法語，只是，這本書上的課文，我全都會了。剛才我很想告訴校長，但一直沒能說出口。」

法語老師最初十分驚訝，緊接著便覺得非常高興，面上浮現喜悅的笑。突然聽到流利的祖國語言，簡直像聽到天使說話那般美妙。

教室裡，所有的人都愣住了，尤其拉碧雅，更是訝異得目瞪口呆，彷彿連呼吸都忘記了。如果不是親耳聽到，明真校長恐怕做夢都想不到，一個才七歲的英國小女孩，能說出如此流利的法語。她不懂法語，經常引以爲憾，驚訝之餘，竟覺得莎拉的優異表現著實傷害了自己的自尊心，心中非常不高興。

「校長，我想莎拉小姐已經不用再學法語了。這個孩子的法語並不是學來的，簡直就像生來便是個法國人似的。她的發音非常的標準了！」法語老師欣然道。

意想不到的狀況讓明真校長到窘迫，瞪大了眼睛說：「莎拉，既然妳會說法語，爲什麼不早告訴我呢？」

莎拉覺得很不好意思，紅著臉，微笑著說：「剛才我本來想告訴校長，但是實在不曉得該怎樣說才好，所以……一直拖到現在才說出來。」

明真校長不悅地訓斥：「我告訴妳，這種事情以後可不准再發生。無論有什麼事情，妳都要坦坦白白地講出來，知道了嗎？小孩子裝成一副大人的模樣，這可是最要不得的事！」

她狠狠地盯著莎拉的臉，冷酷的眼睛睜得大大的。

誰也料不到，不過第一天上課，莎拉便在明真校長的心目中，留下了一個非常惡劣的印象。

第5章

# 新朋友

下午下課後，天空依舊籠罩著濃霧。莎拉單獨一人走到餐廳外面的露台上，戶外的空氣比室內清冷許多。

現在，她想找到一個沒人的地方，靜靜地坐下來思念自己唯一的親人。她默默地想著，今天是爸爸搭船回印度的日子，他搭乘的船，此時出港了嗎？海上是不是也籠罩著像倫敦這樣的濃霧呢？爸爸在船上，大概也在想念莎拉吧？爸爸！昨天夜裡，莎拉寂寞得睡不著覺，可是莎拉很堅強，沒有哭。以後，莎拉一定要忍住不哭，一定要好好用功，努力學習各種知識……

就在思念父親的時候，背後突然傳來一陣輕微的聲響。莎拉回頭一看，有個小女孩正從門縫裡頭偷偷望著她呢！

那個女孩子知道莎拉察覺了她的存在，立刻慌張地低下頭。她就是今天早晨上法語課的時候，坐在鄰座上的同學，莎拉記得她頭上的淺藍色的蝴蝶結。她還記得，當她聽到自己說出非常流利的法語時，驚訝得幾乎從座位上跳了起來。

莎拉曉得，這個女孩一定想跟自己交個朋友，立即站了起來，微笑著朝她走過去。「請問，妳叫什麼名字？」

聽到問話，女孩吃了一驚，匆忙地把頭抬了起來。她有些胖，有一張圓圓的臉蛋，還有一雙大大的綠色眼睛，看起來似乎不太聰明的模樣，但個性應該很溫順。

「我……我叫艾美．卡特，大家都叫我艾美。」

「這名字真好聽。我是莎拉．庫爾。」

艾美用羨慕的眼光瞧著她說：「我喜歡妳的名字。」

「是嗎？我也很喜歡妳的名字呢！請妳做我的朋友，好不好？」

艾美顯然很容易受到驚嚇，聽了這句話，又吃了一驚。她羞怯地望著莎拉的臉，整個人呆愣住了，但是，心中應該充滿無比的喜悅，因爲高興的情緒完全表露在了漲得通紅的臉上。

「妳是說真的嗎？妳真的願意和我做朋友嗎？」

「當然囉！我想我們一定能夠成爲好朋友，我喜歡妳。」

「嗯！我……我也很喜歡妳，妳的法語實在說得太棒了。可是，我的腦子不太聰明，功課也不好，我還以爲自己不配和妳做朋友呢！」

莎拉笑著說：「那是因爲我在家裡的時候，經常聽、經常講的緣故。如果妳常常聽到別人講法語，我相信妳也會講得很好的。」

艾美歎了口氣，沮喪地低頭說：「我……恐怕不行，我太笨了。」

艾美的父親是一位著名的學者，據說精通七八國語言，而且熟讀過幾千本書籍，才高八斗、學識相當淵博。他認為自己的女兒當然不會差到哪裡去，應該也很聰明，對於學校裡那些簡單的功課，沒有理由學不好。誰知，艾美的表現簡直糟透了。她在明真學校裡是最笨的孩子，才剛學過的東西，一會兒工夫就忘得精光，就算費勁努力去記，也是只記得一點點，而且還不太能理解其中的意思，成績總是排在最後。這對她的父親來說，簡直是個莫大的諷刺，一件相當不光彩的事情。

不難想見，艾美平日經常會受到老師們的責備，放假回到家裡，還得要聽爸爸喋喋不休的訓話。她總感覺痛苦，整天都不開心。

莎拉溫柔地看著新朋友沉鬱的神情，提議道：「不如這樣好了，以後我幫妳補習法語，好不好？」

「什麼？」艾美又驚訝得愣了一愣，不敢置信地抬起頭來道：「妳說，妳要幫我補習法語？這是真的嗎？啊！我太高興了！如果妳願意教我，我肯定會記得住的，真的！」

眼見艾美高興得眼淚幾乎都要流下來，莎拉覺得非常快樂，笑著說：「先到我房間裡去玩吧！我給妳介紹我的艾美寶寶。」

「誰是艾美寶寶？」

「艾美寶寶是我最喜歡的洋娃娃！她可是個非常可愛的孩子喔！我們一起到房

間裡去看她吧！」

艾美點頭，欣然跟著莎拉走上樓梯。

當莎拉推開房門，隨後的艾美驚訝得發出感歎聲來。

「哇！妳的房間真的太美麗了！拉碧雅小姐她們前天曾經來看過，我今天才第一次看見，真是非常漂亮呀！」

「真的嗎？請進來，到暖爐旁邊來吧！妳看，這就是艾美寶寶。」

艾美慢慢地走進室內，看見艾美寶寶，不禁驚奇得瞪大眼睛，「哇！好美麗的洋娃娃！咦？她手裡怎麼拿著書呢！」

莎拉認真地說：「我猜想，洋娃娃其實也和人一樣，她們也會看看書、散散步，或者做些其他的事情。不過，那是在沒有人注意的時候。因為，如果我們知道洋娃娃其實也會做這些事，她們一定會被叫去做許多事情。所以啦！洋娃娃們便互相約好了，有人在她們旁邊的時候，就要裝作一動都不能動的樣子。無論是在走路，或者是在看書，只要一聽見有人來了，她們會就立刻回到自己原來的位置上去，靜靜地待在那裡。」

這些話讓艾美聽得入神。莎拉接著又說：「我經常想偷看她們在幹什麼，但是每次都沒能成功，因爲她們實在太機靈了，動作簡直就像閃電一樣快。直到現在，我還是無法如願。」

艾美像在做夢似的望著莎拉，呆了半晌才說道：「這些都是真的嗎？以前我從沒想過這種事情，不過，也許是真的。」

莎拉抱起艾美寶寶，面向艾美說：「艾美寶寶，這位是我的朋友艾美小姐。以後妳也要做她的好朋友喔！」然後對艾美說：「請妳也抱一抱艾美寶寶吧！」

「我可以抱她？真的可以嗎？」艾美的雙眸，發出奕奕的神采。

「當然可以，請妳抱抱她吧！」

艾美輕輕地接過艾美寶寶，開心地在她的臉上吻了一下。

「這個洋娃娃彷彿是活的。妳看，她的眼睛好像真能看見東西似的。我從來沒有看過穿得這樣漂亮的洋娃娃！」

莎拉愉快地說道：「我和爸爸一起去迎接艾美寶寶的那一天，真是花了很多的心思呢！」

艾美一聽，一時之間，大惑不解，「什麼？妳還去迎接她？妳是說，去迎接這個洋娃娃？」

「是啊！我們到商店裡把她迎接回來的。」

接著，莎拉告訴艾美，那一天是個如何陰冷的天氣，天空中籠罩著的霧有多濃多大，她和爸爸兩人走了多長的路，看了多少家玩具店，最後才找到艾美寶寶。說著說著，她卻停了下來，深深地歎了口氣，好像在竭力抑制自己的情緒，不讓眼淚奪眶而出似的。

艾美覺得非常奇怪，關切地問：「怎麼啦？妳是不是身體不舒服？」

莎拉輕輕地搖了搖頭，過了一會兒才說：「沒什麼，我只是想念爸爸罷了。妳也和我一樣，非常喜歡自己的爸爸吧？」

瞬間，艾美竟然不知該如何回答。是的，她比全世界的任何人都喜歡自己的父親，可是每次回到家裡時，心情總是忐忑不安，不知如何是好，只得儘量避免和父親見面……

想了好一會兒，她才幽幽地說：「我……我很少見到爸爸，因爲……我爸爸整天都在書房裡面看書，我不能隨便去打擾他。」

「是這樣嗎？」這真使莎拉大感意外，她說：「我比誰都愛我的爸爸，爸爸也最愛我。我們在家裡時，經常在一起。可是，現在爸爸已經回印度去了，接下來有好幾年都不能見面了。」

莎拉說著說著，又低下了頭，艾美真擔心她會忍不住哭出來，還好，她沒有哭。又過了一會兒，總算恢復了笑容，說道：「我答應爸爸了，我要忍住任何悲傷，無論什麼時候，我都不會哭的。我爸爸是個軍人，每當有戰事發生的時候，都會遭遇許多非常痛苦的事情，但是他們從不抱怨，總是勇敢地忍耐下去。所以，我也要像爸爸一樣，不向任何困難屈服。」

艾美聽了，目光中充滿了欽佩和感歎。這時候，瑪勒特從街上買東西回來，莎拉微笑著對她說：「瑪勒特，請妳拿茶和糖果來招待客人吧！」

「是的，小姐。」

瑪勒特出去以後，莎拉又說：「艾美，我講一些印度的故事給妳聽，好不好？聽我講故事，妳很快就會把不愉快都忘記。」

艾美高興地點頭，「好啊！請妳快講吧！我最喜歡聽故事了。」

莎拉於是講起印度的民間故事和許多神奇有趣的傳說，還用悅耳的聲音把這次從印度坐船來英國時，在航海途中所看見的新奇事物，仔仔細細敘述出來。她越講越開心，兩眼變得神采奕奕，像寶石那樣的晶瑩發光。艾美則聚精會神地聽著，簡直入了神。

無論再怎樣平淡無奇的故事，好像只要經由莎拉的口中說出，便會使人覺得神秘而有趣。即使一向記性不太好的艾美，聽過過之後也難得地牢牢記住了。

不久，瑪勒特端了兩杯茶和一大盤精美的糖果出來。杯子和盤子都相當別緻，顏色非常高雅。

「瑪勒特，請妳也給艾美寶寶一杯吧！」

「是的，馬上就來。」

艾美寶寶的茶杯很小巧，上面印著可愛的圖案。瑪勒特給她的茶，特地泡得很清淡。艾美看了，不禁瞪著大大的眼睛說：「喔！這個洋娃娃做的事情，都和妳是一樣的啊！」

她越來越感覺到，有關莎拉的一切都是那麼新奇，整個房間就好像是個童話王國一樣。「莎拉，我今天實在是太高興了。不但和妳做了朋友，而且聽妳講了這麼多故事。妳不但法語說得好，故事也講得好極了！」

「其實，我只是喜歡講話罷了，一講起故事來，就覺得比做任何事都快樂。」說著，莎拉頓了一頓，問道：「艾美，妳喜歡聽我講故事嗎？」

「喜歡，非常喜歡。」

「真的嗎？那麼，下一次，我講一些自己編的故事給妳聽聽，好不好？我喜歡講像剛才那樣的故事，但更喜歡講自己編的故事。」

艾美聽了，吃了一驚，「什麼？妳會編故事？那是真的嗎？」

「真的，那是我最喜歡做的事。妳也可以試著自己編故事。」

艾美搖了搖頭，她連書本上的故事都看不太懂，怎麼可能自己編故事？她由衷地讚美：「妳真是了不起！」

「那有什麼？」莎拉笑了，「編故事其實沒什麼了不起，我想無論誰都能做得到。假使妳肯嘗試看看的話，一定也能做得很棒，就看妳願不願意做了。」

純真且謙遜的態度，讓艾美深受感動。看在一向被其他同學恥笑和欺負的她眼中，莎拉就像一位既溫柔又聰明的女神。

「妳真了不起！」艾美不知如何表達心中的尊敬和欽佩，於是又重複了一遍剛剛誇獎過的話，「有了妳這麼好的朋友，我真是太開心了。我真不知道該怎麼說出我現在的心情！」

莎拉笑著說：「認識妳，我也很高興。讓我們成爲永遠的好朋友吧！」

「當然，當然，莎拉小姐。我想，我們以後一定會成爲很要好的朋友。相信別人都會羨慕我們！」

兩人握緊對方的手，相視而笑。

第6章

# 莎拉的煩惱

這是莎拉入學以後的第一個星期天。按照學校慣例，每個星期天早晨，全校學生都要整隊到附近的教堂去做禮拜。

一大早，學生們紛紛換上嶄新的衣服，準備要到外頭亮相，連走路的姿態也不一樣了，刻意顯出高貴的樣子。

每到星期天早上，虛榮心強烈的明真校長，總會挑選一個穿得最漂亮的學生當隊長，和自己並肩走在隊伍前頭。

自從拉碧雅入學到現在，這個公認的光榮任務，一直由她獨佔。原因很簡單，沒有人像她擁有那麼多華麗高貴的服裝。

可想而知，這個時候，也是她最風光得意的時候。她將可以像女王一樣，在眾人面前盡情地展示自己。

可是今天早晨，拉碧雅心裡總覺得七上八下，有些擔心明真校長會讓新來的莎拉當排頭，不再重視自己。

「應該不至於這樣吧？或許莎拉有不少漂亮衣裳，可是她的年紀還那麼小，校長總不會叫一個小孩子站在排頭吧！」

儘管她心中這樣安慰自己，終究不能安心。

於是，拉碧雅把所有的衣裳都拿了出來，東挑西揀了一番，選了一套最華貴、最漂亮的洋裝穿上。腳下的皮鞋和襪子全是嶄新的，頭髮也大費周章花了許多工夫才梳好，並且佩上全新的白色蝴蝶結。如此仍不夠，接著再把媽媽買的珍珠項鍊戴在脖子上。

不久，集合的鐘聲響了，學生們都到走廊上集合。拉碧雅依然像以往那樣，逕自地站在排頭的位置。

過了一會兒，明真校長牽著莎拉的手出現。莎拉身上穿著非常華美的粉紅色裙子，外面罩著一件帶有貂皮領子的昂貴大衣，手上戴著高貴的皮手套，腳上穿著的皮鞋像百貨店櫥窗裡陳列的那樣閃亮。

她身上所有的東西，簡直美得無以倫比。

女孩子們個個讚歎著睜大了眼睛，「多麼漂亮呀！」

拉碧雅心裡越發不安了，也許……

果然，明真校長牽著莎拉的手，一直走到她的前面。

「莎拉小姐，妳站在這裡，和我並排走。」

拉碧雅一聽，臉色立刻黯淡下來。

校長又對莎拉說：「站在排頭的人，最能引起眾人的注目，一定要用最好看的儀態走路，知道了嗎？」

莎拉點了點頭，但心裡似乎有點困惑。

拉碧雅看見這種情形，實在氣極了，緊閉著嘴，咬著牙根，忽然一扭頭，逕自走出了隊伍。校長見狀，急忙喊她：「拉碧雅小姐，妳要到哪兒去？我們馬上就要出發了。」

拉碧雅回過頭來說：「我有點不舒服，今天不想去做禮拜了。」

「拉碧雅，是不是因爲我讓莎拉小姐做了排頭，妳就不高興啦？」校長的嗓音變得又高又尖，「不能因爲這點小事就嫉妒別人。莎拉小姐是剛到的同學，而且又是從遙遠的地方來的，大家應該對她好一點。妳的年紀已經不小了，應該懂得這個道理才對。」

「拜託！在妳眼中，只有最有錢的人才是最重要的吧！」拉碧雅心中這樣想，但是不敢說出口，兩眼直瞪著明真校長看。

「拉碧雅，我命令妳，立即回到隊伍裡去。如果敢再假裝生病，我就要扣妳的操行分數了。」

拉碧雅沒輒了，只得滿臉不高興的樣子，懶洋洋地走回隊伍裡。她可不願意再排在莎拉的後面去，便插進行列中間，站在潔西的旁邊。

在一旁靜靜地聽著兩人談話的莎拉，覺得非常不好意思，意識到自己搶了別人的位置，於是轉身對校長說：「校長，請您讓拉碧雅小姐站在排頭吧！我的年齡太小，本來就應該排在後面的。」

明真校長立刻說：「不必，不必，我做的決定，妳不要過問，按照我的話去做就是了。小孩子對大人所做的事，不要多嘴！」隨即發號施令：「大家注意，我們出發了！妳們要像以往那樣，整整齊齊地走好，讓別人看到我們明真女子學校裡的學生，是多麼好，多有規矩！」

由於前去禮拜的時候發生這段不愉快的插曲，使拉碧雅耿耿於懷，從教堂回來以後，心裡還是很不高興。和她交情最要好的潔西，這時也不知道該怎樣安慰她才好，只有默默地陪在一旁。

大多數女孩子平日就對拉碧雅驕傲的態度感到不滿，見她出了糗，都覺得很痛快，不過，只敢在心裡幸災樂禍，不敢說出來。沒辦法，大家都有點怕她。

不知道人家早就對自己懷有強烈敵意的莎拉，一直對上午發生的事情感到抱歉，因此，在活動室前面遇到拉碧雅的時候，就用極溫柔友善的語調對她說：「拉碧雅小姐，關於上午的事情，我感到非常抱歉。那一定使妳很不舒服，早知道會這樣，我是不會走到前面去的。」

拉碧雅把臉轉向一邊，看著旁邊的牆壁，一句話也不回答。

莎拉繼續說：「其實，我並不喜歡和校長走在一塊，那讓我覺得很彆扭。以後還是請妳站排頭吧！我會向校長請求的。」

拉碧雅猛地回過頭來，高聲道：「誰要妳多管閒事了！」

莎拉嚇了一大跳，一下子怔住了。

「我站不站排頭，和妳有什麼關係？那有什麼了不起？我才不想跟那個只會拍有錢人馬屁、裝模作樣的校長走在一塊呢！妳是這個學校最富有的人，又是校長的寶貝學生，妳和她走在一起，這才相得益彰啊！哼！妳居然跑來管我的閒事，真是不自量力！」拉碧雅說罷，氣沖沖跑進活動室，用力將門關上。

一時之間，莎拉感到莫名所以，茫然地在原地站立了許久。過了好一會兒，有人輕輕在她的肩膀拍了拍，回頭一看，原來是艾美。

「拉碧雅小姐一直都這樣子，妳不用介意。」艾美安慰她說。

莎拉勉強擠出一抹微笑，「她覺得我很討厭，是嗎？」

艾美沉默了。

「被別人喜歡是件高興的事情，被別人討厭，可真是讓人難過啊！」

「是的。不過，拉碧雅小姐只要有一點不開心，就會用那種態度來對待別人，並不是只針對妳一個。」

莎拉微微皺了皺眉，「是嗎？假如她討厭我，我想，那是因為她還不瞭解我的緣故。不然，我相信她會喜歡我的。」

隨即，她又恢復了愉快的心情，說：「艾美，我們到我房間去吧！我再講些有趣的故事給妳聽。」

兩人手牽著手，高高興興地往莎拉的房間走去。

日子一天一天地過去，莎拉漸漸習慣了團體生活。對學校的課程也一天比一天感興趣。尤其是每到上她最喜歡的舞蹈課時，她就會快樂地覺得，其實到「那個地方」來也是不錯的。

唯一讓她感到難過的是，她不能快樂地把新學會的舞蹈跳給爸爸看。

庫爾上尉每星期寄來兩封信，並且陸續寄來了很多書籍。莎拉也每隔三天就寫一次信給爸爸，甚至一天之中寫過兩封。

現在，她又坐在窗邊的書桌前，振筆疾書了。

親愛的爸爸：

您好嗎？莎拉又想和爸爸在信上說話了。

莎拉到學校已經三十多天了，今天的信是第十封。

莎拉仍然很平安健康，一切都很好。記得剛到的時候，每天都十分想念爸爸，晚上常常覺得寂寞和難過。但是，最近好得多了。

莎拉一定會遵守諾言，無論怎樣難過，也會忍住不哭的。

當然，有時候也會忍受不住，幾乎要哭出來，這時我就會和艾美寶寶談談爸爸的事，心情就會好一些。

瑪勒特對我非常好，又細心熱情地照顧我。

還有，上次我曾經告訴您的那個叫做艾美的朋友，我們每天都在一起，玩得很開心，所以不覺得寂寞了。她說，她非常喜歡我，而且還說我像童話故事裡的公主呢！爸爸，我是那麼好的孩子嗎？

我想，人只是因為偶然的機緣，才會變得不同，是不是？

我也是由於偶然的機緣，才出生成為爸爸的好女兒，對嗎？

其實，我想我並非天生就是個好孩子，只因為爸爸非常愛我，大家也都對我十分好，所以我自然而然就成了一個好孩子了。

怎樣才能知道我究竟是個好孩子，還是壞孩子呢？我想，一定要遭遇到不幸之後，才能看得出來。可是到現在為止，我從來沒有遇到過不幸的事！

當然，在學校裡，也有人討厭我，尤其是拉碧雅小姐，就是上次信裡告訴您的那位小姐，她始終不喜歡我。

我希望能和大家相處得很好，所以常常在房間裡開茶會招待她們。爸爸一定會說我這樣做是對的，是不是呢？但是，還是有些人不能和我要好。

有時候，我被人家欺負得太過分了，也會忍不住要生氣，感到很難過。但是我知道，耶穌基督在世的時候，無論遭受到別人如何欺辱和陷害，他從不憎恨那些人，而且還為他們祈禱呢！所以，當遇到這樣的情形，我就拚命地忍耐。我會把自己想像成基督，然後用那種心情去原諒她們。

當然，要向基督學習，實在是件很困難的事啊！

今天的信就寫到這裡了。再見！

親愛的女兒莎拉敬上

莎拉將寫好的信摺好，裝進信封裡。

「瑪勒特，請妳幫我把信寄出去吧！」

「好的，小姐。」

瑪勒特正在寢室裡整理，聽到後匆匆忙忙地走了出來，把信接過去，並說：

「小姐，晚飯時間快到了，請妳準備吃飯吧！」

「好的。」

按照學校裡的習慣，吃飯之前，除了要將臉和手洗淨之外，還要穿戴整齊的服裝。莎拉穿好之後，便跟在瑪勒特的後面，走出房間。

第 7 章

# 謙遜獲得友誼

前去洗臉室的途中，莎拉走過一個房間門口，突然聽見房間裡傳來小孩子大哭大鬧的聲音，忍不住停下了腳步。

「哇！哇！哇！我沒有媽媽，沒有媽媽！」

「不許這樣大哭，趕快安靜下來！」

「哇！哇！哇！」

「不要哭啦！再哭就要揍妳了。」

「哇！哇！」

小孩子的哭聲像暴風雨一般，同時，莎拉還聽見明真校長和她的妹妹阿米亞小姐的吼叫。這究竟是怎麼回事呢？

正當疑惑不解的時候，明真校長狠狠地推開房門，滿臉怒容走了出來。

「啊！莎拉小姐。」

想到自己剛才的喊叫都被聽見了，明真校長顯得有點尷尬。

「校長，是誰在哭呀？」

「還不是那個又淘氣又愛哭的樂蒂！她太任性了，誰也拿她沒有辦法。」

樂蒂是一個比莎拉還小一歲的學生，與莎拉一樣，也是從小就失去了母親。任性、頑皮而且不聽話的樂蒂，知道別人對沒有母親的孩子都會特別同情，所以越發驕縱，只要稍微有點兒不如意，就開始大哭大鬧。她的父親還很年輕，對女兒頭疼不已，於是把她寄養在學校裡。

莎拉很恭敬地對校長說：「讓我來哄哄她，好不好？」

「妳？」明真校長吃了一驚，用懷疑眼神看著她，「妳能使那個不講理的野孩子不哭嗎？」

「讓我試一試吧！我很喜歡照顧小孩子。」

「這可是和玩洋娃娃不一樣啊！」明真校長噘起嘴，但又迅速恢復了平靜的表情道：「好吧！妳去試試也好。妳是個非常聰明的孩子，什麼事都能做得很好，也許真的有什麼辦法也說不定。」

聽了這番帶著譏諷的話語，莎拉的臉稍微紅了起來，向校長點了點頭，走進房間裡去。

看著莎拉的背影，明真校長滿臉不愉快，怏怏地走回辦公室。自從上法語課那一天起，她便覺得莎拉不尊重自己，偏偏這個學生的家非常有錢，她不得不百般容忍和客氣。

走進房間裡，莎拉看見樂蒂仍然哭個不停，而且還在躺在地板上打滾，兩隻腳不停地踹著地板。

「哇！哇！哇！」

阿米亞正試圖安慰她，「妳實在太可憐了，沒有了媽媽。可是樂蒂，不要再哭了，再哭可真的要挨打了。不是我說，妳簡直像個野孩子，不管師長說什麼都不聽，哭鬧得沒完沒了！」

樂蒂好像沒聽見似的，繼續放聲大哭。

莎拉靜靜地走到阿米亞小姐身邊說：「阿米亞小姐，讓我來試著哄哄她吧！校長已經允許了。」

阿米亞回過頭來，看著莎拉，歎了一口氣說：「妳以爲妳有辦法嗎？」

「也許吧！我想試試看。」

阿米亞又歎了一口氣，像是放下了重擔似的說：「像她這樣可怕的孩子，我可是從來沒有看過。」說完，轉身走出房間。

目送阿米亞小姐出去以後，莎拉默默地站在旁邊，開始一聲不響地望著樂蒂。不論樂蒂哭得怎樣厲害，她總是不做聲。就算扯著嗓子大叫，她也不理不睬。

如此吵鬧了很久，慢慢地，樂蒂自己覺得沒有意思了，哭聲漸漸減弱，叫喊聲也不再那麼尖銳有勁兒了。睜開淚水迷濛的眼睛，只看到莎拉一個人正靜靜地站在身邊。

樂蒂停了一會兒，又接著又放聲哭了起來。

「啊！啊！我沒有媽媽……」

莎拉淡淡地說：「我也沒有媽媽。」

這句話說得十分突然，竟使樂蒂愣住，停止了哭喊，驚奇地望來。

她打從心底討厭嚴厲的明真校長，也不喜歡只會擺架子的阿米亞小姐，可對這位莎拉小姐，印象一直很好。

「莎拉，妳媽媽到哪裡去了？」

「媽媽，在天堂啊！」

莎拉沉思了一會兒，又說：「雖然看不見她的影子，可是她會常常來看我們喔！也許這時，莎拉的媽媽和樂蒂的媽媽，都在這個房間裡面看著我們呢！」

樂蒂聽了這番話，猛然從地上站起來，向四周望了望。她有一頭捲曲的短髮，水汪汪的眼睛是勿忘草的顏色，很可愛。可是，如果被媽媽看見她這樣哭鬧，恐怕就不一定覺得自己的女兒可愛了。

這時，莎拉說出自己幻想中的天堂情形，「我們的媽媽，是住在非常美麗的天國裡面。在那裡，有廣闊無邊的原野和美麗的花園。」

那副認真的神情，彷彿曾親眼目睹過似的。

「那些花園裡面，遍地盛開著白色的百合花和五彩繽紛的鬱金香，當然，還有其他可愛的花和樹木。小朋友們都在草叢裡快活地奔跑著，快樂地談笑著。有時，還把一朵朵鮮花串起來，編成美麗的花環套在脖子上。天堂裡的城市，街道都是亮晶晶的，無論走多遠的路，也不會感覺疲倦。因爲人們想到哪裡去，只要張開天使的翅膀，就能飛到。城市的周圍是一道用黃金和珍珠造成的矮小圍牆，大家都靠著這矮牆在談笑，或者把頭伸出牆外，俯看下面的世界。」

樂蒂聽得入了神，不知不覺地靠近莎拉身邊。這番描述雖然像是童話故事，她卻彷彿真看到了媽媽所住的地方。「我不想待在學校，我也要到媽媽那個地方去。這裡沒有媽媽！」

莎拉趕緊握住她的小手，溫柔地說：「樂蒂，我來當妳的媽媽好不好？」

「真的嗎？妳真的願意做我的媽媽嗎？」樂蒂露出兩個可愛的酒窩，立刻高興起來。

「是呀！所以妳別再哭啦！從此以後，艾美寶寶就是妳的妹妹了。」

「好啊！艾美寶寶當我的妹妹！」樂蒂臉上綻放出明朗的笑容。

「現在我們一起去告訴艾美，然後我再替妳洗臉、梳頭。」

樂蒂快樂地點了點頭，跟著莎拉到樓上去了。

她之所以大哭大鬧，就是不願意在晚餐之前洗手和梳頭，現在，她幾乎已經把剛才那事忘得乾乾淨淨了。

從這天開始，莎拉便成了樂蒂的「小媽媽」。

莎拉在明真學校裡，幾乎享受著是貴賓般的待遇。

雖然明真校長心裡不喜歡她，但因爲她是非常有錢人家的女兒，不得不處處討好稱讚，千方百計使她喜歡學校裡的生活。如果換成普通的女孩子，這幾年生活恐怕對她毫無益處，說不定還會將她寵溺成爲壞孩子呢！所幸莎拉聰明伶俐又很懂事，雖然處處受到嬌寵，並沒有因此被慣壞。

她始終認爲，自己有一位好父親，所以受人讚美。待人總是謙虛而客氣，毫無一絲驕傲。

有一次，就連和拉碧雅非常要好的潔西也承認：「雖然我不喜歡莎拉，可是我覺得她有一個優點：儘管有那麼多漂亮値錢的服裝，功課又那麼好，可是一點都不驕傲。如果我是她，一定會非常自豪並且驕傲。」

坦率的評價使拉碧雅很不高興，不得已之下，潔西立刻又換了語氣說：「可是，每回看見校長向來賓稱讚莎拉，我就覺得討厭！」

拉碧雅這才笑起來，立刻學著明真校長的口氣說：「莎拉小姐，快到會客室去，給來賓講講印度的故事。」

「莎拉，快讓客人聽聽妳的法語。先生們，這個孩子的發音相當準確。」

兩人哈哈大笑。

「多可笑！她的法語又不是在學校學會的，不過由於常聽她爸爸講才會的。她爸爸也只不過是個駐印度的軍人，有什麼了不起！」

「是啊！但是，聽說她爸爸曾殺死一隻大老虎，那張虎皮就鋪在莎拉的房間裡呢！艾美說，莎拉常常睡在那張虎皮上面，有時候摸著它的頭，就像跟小貓說話似的自言自語哩！」

「那孩子傻裡傻氣的。」拉碧雅的聲音越說越高，「我媽媽說，像她那種整天愛胡思亂想的孩子，其實都很傻，將來長大以後，一定是個古怪、孤傲的人。」

當然，事實正好相反。

對於自己所擁有的東西，莎拉從來都毫不吝嗇於讓大家分享。她尤其愛護年紀比她還小的孩子，如果有人哭了，她便會溫柔地安慰；有人跌倒了，她便趕快跑過去將對方扶起來，一邊還從口袋裡拿出糖果。

因此，那些小孩子們個個都喜歡莎拉，把她視如女神或公主似的，只要一見到她，便都湧到她的身邊去。

莎拉原本很不喜歡在每個星期天站在大家前面，領著隊走過大街，向著教堂走去。但是日子一久，她便習慣了，自然而然地成了領導人物。

她從來不像拉碧雅那樣欺負人，相反的，她總是同情別人，久而久之，獲得了女孩們的尊敬和愛戴。

隨著莎拉的名聲越來越好，拉碧雅的嫉妒和敵視越來越深。

除了公開和莎拉競爭，拉碧雅還不斷地在背地裡詛咒她、說她的壞話，此外，無論是服裝、文具或洋娃娃等，都儘量買最好的、價錢最昂貴的。可煞費苦心的結果，仍是比不上人家。

莎拉有一種吸引人的魅力，特別展現在說故事的時候。不管多麼平淡或乏味的事情，只要經由她的口說出來，便會變成非常神秘而有趣。

此外，她自己編的故事，也非常地生動新穎，常常令人聽得入了迷，彷彿置身於故事裡似的。

拉碧雅對這種能力既羨慕又嫉妒，但是，這一點她是無論如何也沒有辦法學得到的。最初，她對聽莎拉說故事相當反感，後來卻也不知不覺地被那種具有魔力的講話藝術給吸引住，最後也情不自禁地陶醉其中。

就這樣，莎拉在明真學校中獲得相當高的聲望和評價。兩年的時光，不知不覺，悄悄流逝……

第8章

# 熱心助人

兩年後的一個冬日，莎拉如同以往那樣，坐在活動室裡的沙發上講故事，旁邊圍著一群同學。說著，說著，一個衣著非常破爛的小女孩，抱著一個沈甸甸的煤炭箱子，腳步緩慢地走了進來。

那女孩子進來之後，跪在壁爐前面，忙著往爐子裡添煤炭、掏炭灰，但是，不知不覺地，她也被莎拉所講的故事吸引住，動作不由得變得遲緩。

莎拉注意到她，為了使她也能夠聽清楚，便把說話的聲音特意地提高。

她繼續講著：「所有的美人魚，手牽著白珍珠編成的網紗，在水晶般透明的水中游來游去。那位美麗的人魚公主，靜靜地坐在岩石上，看著她們……」

她說的，是美麗的人魚公主和英俊王子的愛情故事。不知不覺中，那個小女孩的手完全停止了動作，手中的掃把掉落到地上，發出「喀達」的聲響。

拉碧雅不悅地回頭看了看。

「咦！妳這個小女傭竟敢偷懶，跑到這兒來聽故事，真是可惡！」

小女孩慌慌張張地撿起掃把，抱著裝煤炭的箱子，匆忙地跑出室外。

看見這種情形，莎拉心裡很難過，便說：「我早就知道她也在那兒聽故事了，拉碧雅小姐，為什麼她不可以聽呢？」

拉碧雅高傲地說：「這個……也許妳媽媽會允許妳講故事給女傭聽，可是我媽媽不會讓我那樣做。」

「妳說我媽媽？」

莎拉幾乎要跳起來，但她馬上平靜下來，回答：「我想，如果有機會問她，我媽媽一定會說，小姐和女傭，一樣都是女孩子，當然可以一塊兒聽故事。」

「哼！一個去世的人，怎麼可能知道這些事情？」

「妳是說，我媽媽什麼都不知道嗎？」莎拉的聲音變得有些嚴厲。

這時，樂蒂在旁邊插嘴說：「莎拉的媽媽，還有我的媽媽，她們什麼都知道。在學校裡，莎拉是我的媽媽，但是在天堂，我還有一個媽媽，所有的事情她都知道。因爲，她時常靠在天堂的黃金牆壁上，往下注視著我們呢！莎拉小姐告訴我很多次了，絕對沒有錯。」

拉碧雅聽了，瞪了瞪莎拉說：「妳真是太愚蠢了！天堂的事情，怎麼可以拿來當作故事講？」

莎拉回答說：「這些事情，在《聖經》的啓示錄裡面都寫得清清楚楚。假如妳有空的話，不妨去翻翻看吧！」接著又說：「妳怎麼知道我講的故事不是真的呢？如果妳有顆誠懇的心，那麼就會明白，我的話是真的。」

拉碧雅惱羞成怒，紅著臉離去了。

晚上，莎拉問瑪勒特：「妳知道那個打掃壁爐的女孩子，叫什麼名字嗎？」

「那個小女傭嗎？她叫蓓琪。」

蓓琪是兩三天前才來的小傭人，除了幫忙做廚房裡的工作以外，還時常被大家支使去做雜務。瑪勒特每回到廚房，總會聽到「蓓琪，來做這個」或者「蓓琪，去幹那個」的叫喊。

由於家境貧窮，加上過度操勞，她的身體發育不好，雖然已經十四歲了，看起來卻只有十歲左右的樣子。身軀相當瘦弱，卻得一天到晚得替人跑腿，還要擦皮鞋、搬運煤炭箱子、掃地、擦玻璃、洗地板……

說到這裡，瑪勒特歎口氣說：「這個女孩子真可憐啊！聽說父母早就死了，收養她的姑母性情很暴躁，在她八歲的時候，就要她出來當女傭。她的性情非常溫順，只要別人的聲音大一些，就會把她嚇得像隻受驚的小鹿。」

對於可憐的蓓琪，莎拉心裡充滿了同情。瑪勒特走出房門後，她獨自坐在壁爐前面，茫然地望著火焰發呆，心裡想著蓓琪的種種不幸遭遇，覺得她就像悲慘故事裡的女主角。

「我想，她一定連飯都吃不飽！」莎拉自言自語地說。

兩個星期後，一個薄霧籠罩的下午，莎拉上完舞蹈課，輕快地踏著剛學會的舞步回房間去，身上的粉紅色舞衣，隨著身體的擺動，輕盈飄揚著。

「啊！」走進房間，她卻立即發出驚奇的叫聲，因爲那個可憐的女傭蓓琪，竟坐在壁爐前面的安樂椅上，舒舒服服地睡著覺。

細細看去，蓓琪的臉上、衣服上，到處都沾滿爐灰，腳邊放著掃地的器具。可能是打掃完房間後十分疲倦，不知不覺睡著了。

莎拉靜靜地走近，聽到輕微呼吸聲，她睡得很香呢！

「嗯，真可憐，但願她能睡得舒服些……可是，如果別人知道她在這兒睡覺的話，一定會責罵她……不管了，還是讓她再睡一會兒吧！」

莎拉走到蓓琪對面的椅子，慢慢地坐下，默默地注視著她，心中想著：「故事裡的女主角就在這裡熟睡，等到她醒來，睜開眼睛，我就可以和她說話。」

蓓琪毫無知覺，真是疲倦極了。

這時，壁爐裡面一塊煤炭被燒炸，蹦起的煤塊彈到壁爐上，發出「喀吧」的聲音。蓓琪瞬間被驚醒，睜開眼睛一看，立刻慌張地站了起來。

她沒想到自己會睡著，起初只是打算坐下來休息片刻，烤烤火，暖和暖和而已。緊接著，她發現眼前坐著如玫瑰花一般嬌豔的莎拉，一時嚇得魂不附體，心中自語著：「慘了！我怎麼會犯了這麼大的過失呢？怎麼膽敢在這位高貴小姐的椅子上睡著了……完了！我不但拿不到工錢，恐怕就要被解僱了……」

驚惶失措之下，蓓琪無力地跪在地板上，悲傷地流著眼淚說：「小姐……請您原諒，請您原諒我的這次過失吧！」

莎拉趕忙站起來，走到蓓琪的身邊，蹲下說：「沒有關係，用不著向我道歉。任何人疲倦的時候，總會想休息一下，妳趕快起來吧！」

蓓琪小心翼翼地慢慢抬起頭，用充滿淚水的眼睛望著莎拉，呼吸幾乎要停止了。她從來沒聽過別人用這種溫柔和親切的語氣和自己說話，自己該不會是在做夢吧！「小姐，您真的沒有生我的氣嗎？您也不會把我的過失告訴校長，或者是其他的人嗎？」

「我不會告訴別人的。」莎拉微笑著保證，「我們不都一樣是女孩子嗎？只是因爲偶然的機緣，一個成爲了幸運的人，一個成爲不幸的人。如果我和妳一樣，處在這種境遇裡，我想，我也會睡著。」

沒有進過學校的蓓琪，對莎拉所說的話不太理解，只是用恐懼的眼光望著她。

莎拉明白過來，馬上轉變了話題，溫柔地問她說：「妳的工作都做完了嗎？能不能在這裡多待一會兒？」

蓓琪驚奇地問：「留在這裡嗎？小姐，我能留下來待一會兒嗎？」

「當然，假如妳有時間的話，就在這兒多坐一會，我們一起來吃點心吧！」

蓓琪感覺恍恍惚惚的，不敢相信這一切都是真的。

莎拉從櫃子裡端出了一盒蛋糕，切下一大塊，主動遞到蓓琪面前，愉快地示意她享用。莎拉表現得那麼和藹可親，蓓琪漸漸忘掉了恐懼，緊張的心情也慢慢地放鬆了。吃完了蛋糕，她問：「小姐，您這件衣裳是您最好的嗎？」

「嗯，算不上是最好的，但是我最喜歡了。」

蓓琪用讚歎的眼光看了莎拉一會兒，恭恭敬敬地說：「以前，我曾經在公園裡見過公主呢！那時，她也穿了一件像您這樣的粉紅色衣裳。小姐，您真的就像那位公主啊！」

莎拉聽了，自言自語地說：「我常常幻想自己能做公主。不知道當了公主，感覺又會怎麼樣呢？我以後也許該向公主多學習。」

這番話，又讓蓓琪聽不懂了。

接著，莎拉好像想起什麼似的問：「蓓琪，妳是不是聽過我講故事？」

蓓琪顯得有些害怕，「是的，小姐。您講的故事太有趣了，所以我……」

「那麼，我把妳沒聽完的故事講一遍吧！」

「什麼？您要講故事給我聽？就像講給其他的小姐聽一樣嗎？」

「是的。大家都愛聽有趣的故事，有什麼不可以呢？但是，今天恐怕不行，因爲沒有時間了。這樣好了，告訴我妳每天什麼時間會來打掃房間，我會在房間裡等妳，慢慢地講給妳聽。我喜歡編故事，也喜歡講故事喔！」

從莎拉的房間走出去，蓓琪不再先前淒慘悲苦的樣子，心中充滿快樂。當然，這種輕鬆愉快的感覺，並不是糖果和爐火帶來的，而是由於莎拉給了她溫柔和友誼。這是她有生以來，頭一次感受到關懷和友情，身心都像沉浸在溫暖的春風裡。

目送蓓琪走出房間，莎拉又坐回椅子上，心裡覺得非常愉快。

她想著，如果我是一個公主，就有能力去幫助那些困苦的人民了。不要緊，雖然我不是，但可以像公主那樣，給周圍的人們和朋友許多幫助。就像剛才那樣，我可以使蓓琪高興。今後，我一定要做許多使別人感到高興的事情，那不也算是我餽贈給別人的禮物嗎？身爲一個公主，是要時常送禮物給人民的，決定了！我就把這樣的禮物，送給我的朋友們吧！

第9章

# 心目中的公主

從那天以後，莎拉和蓓琪之間的友誼一天比一天深厚，但她們的親密交往，必須避開明真校長和阿米亞小姐的眼光。

蓓琪在莎拉的房間不敢待超過五分鐘，因此，莎拉只好一段一段地講著故事，然後匆匆拿些糖果裝進她的口袋裡。

莎拉時常到街上買些好吃的點心，帶回來送給蓓琪。有一次，她買回來的是些肉餅，蓓琪見了，眼睛閃耀著光輝說：「啊！小姐，妳真是太好了。這東西好吃極了，而且也能充飢。雖然蛋糕也非常好吃，但是吃了之後，很快就會餓了。也許小姐不知道兩者的差別吧！」

又有一次，莎拉送蓓琪不少糖果。回去時，她高興地笑著說：「回去以後，我一定要好好地把這些糖果收起來，如果一不注意，和碎麵包放在一起，它們就馬上會被老鼠吃掉！」

莎拉露出害怕的表情，「咦！老鼠？妳的房間裡有老鼠嗎？」

「是啊！而且還不少呢！」蓓琪若無其事地說：「有大的，也有小的。牠們時常跑出來吵吵鬧鬧的，習慣了也就無所謂了。唯一有點討厭的是，有時候牠們會跑到枕頭邊來。」

「喔！天哪……」

「無論什麼事，只要習慣了，就不會再感到害怕！窮人家的孩子，必須對許多事情習慣。再說，老鼠總比臭蟲好多了。」

「不錯。人們也許能和老鼠和平共處，但總不能和臭蟲做朋友。」

說罷，兩人哈哈大笑。

不久，發生了一件不但使莎拉興奮，而且幾乎轟動了全校的師生的事情——庫爾上尉將擁有一座蘊藏金剛鑽的礦山！

莎拉的爸爸在信上告訴了她這個消息。

事情的經過是這樣的：庫爾上尉以前的同學有一天到印度找他，並提到他現在正與別人合資開採鑽石礦，事情進行得非常順利，不過資金有些不足，所以特地前來印度，邀請庫爾上尉投資入夥。

如果是別的事業，恐怕不會特別引起女孩子們的興趣，但是，莎拉的父親擁有的，可是最寶貴的金剛鑽礦山啊！她們聽到這件事，簡直就像聽到「天方夜譚」裡的故事那樣興奮。只要幾個人聚在一起，便會無一例外地談起這個消息。

莎拉也覺得很興奮，爲了要使艾美和樂蒂她們瞭解礦山的情形，還特地畫了一些彎彎曲曲的地下隧道的圖樣，並且解釋說，在那些隧道的盡頭，將會掘出許許多多亮晶晶的寶石。

「我無法想像，金剛石礦山會是什麼樣子！」

「是不是整座山都是亮晶晶的呢？」

「恐怕不是吧？山只是普通的山，只不過在那座山的地底下，埋藏著許許多多的鑽石啊！」

「了不起！」

「簡直像是夢裡的故事哩！」

這天，學生們又圍在康樂室的壁爐前，談論著這件事情。大家都很興奮，拉碧雅聽了，卻在一旁冷笑著說：「我媽媽有一顆價值五百鎊的鑽石，但是它也只不過是顆很小的寶石而已。什麼礦山，簡直是做白日夢！那孩子總是傻裡傻氣的，一天到晚盡說些不切實際的夢話。」

潔西在旁邊若有所思的說：「說不切實際，我倒想起一件事來，聽說莎拉最近又開始搞那所謂『公主的模樣』的事了。」

拉碧雅故意裝出驚奇的表情，「哈！真是可笑死了！」

「聽艾美說，莎拉還叫她也學習做個公主，艾美卻很悲觀地說自己太胖了，裝起來不像。」

拉碧雅大笑了起來，說道：「真是可笑啊！可不是嗎？莎拉那孩子，實在太沒有自知之明了，也太過驕傲了，簡直目中無人！仗著自己家裡稍微有點錢，便自以爲了不起。好啊！以後見了她，我就叫她『公主』好了，看看她會有什麼滑稽的表情……」

正在這個時候，莎拉和樂蒂進來了。拉碧雅立即閉了嘴，斜著眼睛向她們看了看。莎拉似乎什麼都不知道的樣子，走近書架旁邊，拿出一本《法國革命史》，開始閱讀。

地板相當滑，樂蒂走沒兩步就不小心跌了一跤，把膝蓋擦破了，立刻哇哇大哭起來。拉碧雅大聲喝斥道：「不要吵！」聲音之大，幾乎把全屋子的人都震動了，「別再哭了，妳這個愛哭鬼！」

「我不是愛哭鬼，我才不是愛哭鬼！哇！哇！莎拉小姐，莎拉小姐，哇！」樂蒂哭得更加厲害了。

莎拉放下手上的書本，跑到她的身邊，「樂蒂，妳不是才向我保證過，不會再哭了嗎？」

「可是，拉碧雅罵我是愛哭鬼啊！」

「那是因爲妳動不動就哭鬧，所以人家才會說妳是愛哭鬼嘛！好了好了，好孩子，不要哭了。」

然而，樂蒂還是沒有停止。

「哇！哇！我沒有媽媽，沒有媽媽呀！」

拉碧雅暴躁地喝斥著說：「不要吵！妳這個野孩子，不管是什麼時候，總是大哭大鬧。再不停止，我就要揍妳了！」

莎拉聽了，嚴厲地瞪著拉碧雅說：「拉碧雅小姐，請妳不要用這樣粗暴的態度待人。難道妳不能溫柔一點，去照顧年紀比較小的孩子？」

拉碧雅以嘲諷的語氣回說：「是的，『公主』。像我這樣的野蠻人，當然不能和擁有鑽石礦山的貴公主相比。」

莎拉的臉立刻漲得通紅。學習公主的模樣這件事，對她來說，是最大的願望，可也是最不願意讓別人知道的事情。羞怒交加之下，默默不語。過了好一會兒，她抬起頭來，莊重地說：「是的，拉碧雅小姐，妳說得不錯，我時常學習公主的模樣，這是因爲偉大的公主是值得我們學習的人。假如我學習她的模樣，我相信自己自然會養成像公主那樣崇高的品格和言行，這有什麼不對呢？」

她的話真誠而坦率，拉碧雅一時竟答不出來。

「樂蒂，到我房間去吧！」

拉碧雅還在焦躁煩悶的時候，莎拉已經帶著仍在傷心哭泣的樂蒂，默默地走出了康樂室。

從此之後，全校的學生都稱呼莎拉爲「公主」。那些討厭莎拉的學生，因爲想要諷刺她，故意稱她「公主」；而那些真正喜歡莎拉的學生，爲了表示愛慕和尊敬，當然也稱她爲「公主」。

明真校長不久也瞭解了這件事，往後每當有來賓光臨學校，便會像獻寶似的向他們說起這件事。

蓓琪比任何人都敬愛莎拉，她由衷地認爲，「公主」的稱呼對莎拉來說是最相稱的了。她從來沒有見過這樣溫柔、聰明而美麗的女孩子。也正是由於莎拉的緣故，她才嘗到有生以來最大的快樂。

莎拉小姐真是個公主！啊，如果她是莎拉公主，那我就是她的侍女了。啊！這士多麼令人高興的事呀！

臨睡之前，躺在閣樓裡硬梆梆的床鋪上，蓓琪幻想著一幅又一幅情景，不禁露出甜美的微笑。

第10章

# 不祥的徵兆

不久，庫爾上尉正式投資開挖鑽石礦山事業，莎拉那夢似的幻想，也許在不久的將來就要實現了。

不過，莎拉在學校裡的生活，並沒有多大的變動。不知不覺中，兩年又平安無事地過去了，她十一歲的生日就快到來了。

庫爾上尉大概是忙於礦山事務的緣故，這一年來，沒有像以前那樣經常來信。直到距生日前僅三星期的時候，莎拉才好不容易接到父親的來信，可是，這封信並不像以前的信寫得那樣風趣。

莎拉心想，可能是爸爸自從投資礦山事業後，工作過於勞累，致使身體健康受到影響了吧！

親愛的莎拉：

最近，爸爸整日忙著繁雜的事務和不熟悉的記帳工作。可能是那些事情對我不大適合，常常覺得疲倦，而且經常發燒，夜裡有時失眠。

我想，如果我們的「小公主」在我身邊的話，一定會好好照顧我的，是不是啊？我的「小公主」。

莎拉，妳今年生日的時候，我想再送一個洋娃娃給妳，喜歡嗎？

爸爸已經向法國巴黎的一家工廠，為妳訂做了一個可愛的洋娃娃……

莎拉看完，立刻給爸爸回信。

在信中，她擔心著爸爸的身體，請他一定要保重，然後寫到自己對洋娃娃的基待和想法，寫得十分有趣。

我漸漸地長大了，以後恐怕不會再有人送我洋娃娃。所以，也許這次爸爸送我的洋娃娃，是我收到的最後一個了。

這「最後一個洋娃娃」，在我心中引起許許多多的感覺。可惜我不會寫詩，否則一定要為最後的洋娃娃做一首詩。假如我能像古代那些有名的詩人那樣，隨意揮灑就能寫出美麗的詩句，那該有多好呢！

當然，無論什麼樣的洋娃娃，都不能取代艾美寶寶的地位。不過，我還是會好好地珍愛將要來臨的洋娃娃。

我想，每個女孩子都會期待著最後一個洋娃娃，因為沒有女孩子不喜歡洋娃娃的。有些十五歲以上的女孩子，會刻意表現出不喜歡洋娃娃的樣子來，我想，她們絕不是真的討厭，而是想裝得像大人的模樣罷了。爸爸，您說是嗎？

這封信寄到印度的時候，庫爾上尉正遭受熱病和頭痛的折磨，但當他讀完，一時竟忘掉多日來的病痛，開懷地笑了起來。

「這個孩子，一年比一年有趣了。噢 上帝啊！請您保佑她，我真希望能將這些繁雜的工作丟在一邊，立即飛到那孩子的身邊去。見到她，我相信討厭的病痛立刻就會痊癒了。」

學校決定爲莎拉的十一歲生日舉辦盛大的慶祝茶會。校長規定，那一天全校的學生都要參加，並且還要表演餘興節目。庫爾上尉的禮物，以及所有的禮品，都將在生日當天，於大家面前展出。

學生們都很高興，從好幾天前就開始談論著這件事。

等了又等，生日終於到來了。莎拉在用過早餐之後回到房間，發現桌子上面放著一個小包裹。

「咦！這是什麼呢？」

輕輕打開一看，原來是一塊紅色舊絨布做成的針插，上面用黑色的別針拼成「生日快樂」的字樣。

「啊！這一定是蓓琪給我的禮物。」

心底忽然湧出一股暖融融的感覺。除了蓓琪，還會有誰會送出如此可愛而真誠的禮物呢？絨布顯得十分破舊，別針也相當古老，但是，這個小小的禮物代表了一個窮苦女孩子的真誠祝福，多麼可貴啊！

莎拉感動得流出眼淚，淚水滴落在紅色的針插上面。這時，房門被輕輕推開了，蓓琪伸出頭來問：「小姐，妳喜歡嗎？」

「啊！蓓琪！」

蓓琪不好意思地說：「我很想在您生日那天給您送件禮物，但是我沒有錢買，所以向別人要來那塊舊絨布，花了幾個晚上的時間才把它做好。我想，小姐一定會替我將它想像成是上好絨布做成的，而且上面插的是鑽石別針！」

莎拉跑過去，緊握住她的雙手說：「謝謝妳，蓓琪，真的謝謝妳。妳送我這樣好的禮物，我實在高興極了！」

「小姐，這只是……」

「我知道，但是，它完全是妳自己心血的結晶，而且是熬夜替我趕做的！還有比這更可貴的禮物嗎？我從來沒有收到過讓人這麼高興的禮物。」

「小姐！」蓓琪的眼睛也充滿了淚水，「我……我高興極了！這樣粗陋的東西，竟然能使小姐高興，真是料想不到啊！我都不知道應該說些什麼才好了！」

到了下午，大家所期待的茶會終於開始了。

學生們利用整個上午時間，將餐廳佈置得非常漂亮。每張桌子都擺著五顏六色的糖果和美麗的鮮花，正面最大的桌子上，另放著一個漂亮的大蛋糕。

等學生們都到齊後，不久，正面的大門打開了，穿著禮服的明真校長帶著盛裝的莎拉走了進來。

隨著她們走進來的，是抱著「最後一個洋娃娃」的瑪勒特，接著是拿著第二件禮物的女傭。再後面，則是腰間圍著很乾淨的圍裙，頭上戴著帽子，手裡抱著另一件禮物的蓓琪。

莎拉的衣裳是多麼華麗精緻啊！她佩戴的項鍊是多麼高貴！學生們都讚歎地睜大了眼睛。少女們過往從來沒有看過如此高貴豪美的衣裝和飾品，連拉碧雅一時都忘了嫉妒，看得入神。

樂蒂驕傲地向旁邊的同學說：「妳看，我的媽媽多麼漂亮呀！」

莎拉坐下以後，餐廳裡面立即起了一陣騷動。

「項鍊上面最大的寶石，一定是鑽石！」

「妳看，她的衣裳下襬那些晶瑩發光的寶石，可能也是鑽石喔！」

「簡直像正的公主。」

明真校長聽到學生們竊竊私語，裝模作樣地咳嗽了一聲，站起來說道：「各位同學，請安靜！瑪勒特，把那箱子放到桌子上，然後將蓋子打開。燕瑪，妳把東西放在椅子上。還有蓓琪，妳手上抱著的箱子，就放在地板上吧！好，好，就這樣。現在，妳們都出去吧！」

三個人按照明真校長的吩咐做後，便一起向室外走去。不過，蓓琪一直留戀地望著裝洋娃娃的箱子。

莎拉忽然說道：「校長，請允許蓓琪留下來吧！」

「爲什麼呢？」

「我想，她也希望看到那些禮物，因爲她和我們一樣也是女孩啊！」

明真校長從來不認爲蓓琪和莎拉她們一樣，在她的眼中，下女只不過是掃地、撒煤炭和打雜的機器而已，因此搖頭說：「莎拉小姐，我想妳應該知道，像蓓琪這樣的下人，和妳們這些小姐的身分可大不相同。」

「可是，我覺得蓓琪和我們是一樣的。今天是我的生日，請校長看在我的面子上，讓她留在這裡吧！」

明真校長皺了皺眉頭，但是莎拉執意堅持，她也無可奈何，只好回答：「好吧！今天特別准許她留下來。蓓琪，快向莎拉小姐道謝！」

站在餐廳牆角，畏怯地揉搓著圍裙帶子的蓓琪，一聽見明真校長的話，立刻高興地走到莎拉面前，行了個禮說：「小姐，謝謝您。我真希望能看那個洋娃娃，我真是太高興啦！校長，謝謝您准許我留在這裡。」

「妳站到那邊去。」明真校長指著門口說。

蓓琪依言而行。她並不介意站在什麼地方，只要能留在這會場裡面，只要能看到那個洋娃娃，無論如何，總比待在廚房裡好得多了。

明真校長向四周掃視一下，嚴厲地說：「各位同學，大家都知道，今天是莎拉十一歲的生日。在學校裡，她不僅功課最好，也是頭腦最聰明的學生。尤其是她的法語和舞蹈，可說是本校最大的榮譽。」

「嗯！真是個寶貝。」拉碧雅不屑地低聲說。

明真校長頓了一下，繼續說道：「不僅如此，莎拉還具有公主般高貴的品德，她的一切，都值得學習。莎拉小姐對人懷著深厚的友情，所以，今天特地舉辦這個茶會來招待各位。我想，妳們一定很開心吧！現在，請大家一起大聲說：『謝謝莎拉小姐』。」

學生們都站了起來，齊聲說道：「謝謝莎拉小姐！」

莎拉覺得有點不好意思，雙頰發紅，輕輕提了提裙襬，用極為優雅的姿勢還禮說：「謝謝大家來參加。」

明真校長讚揚地說：「莎拉小姐，妳做得很好。」

有人悄聲道：「這就像公主接受百姓歡呼『萬歲』時的情景。」

「呸！什麼公主！」拉碧雅冷冷地咒罵。

眾人坐下，這時，校長的妹妹阿米亞匆匆走了進來。

「姐姐，有客人來了。」

阿米亞將手中的名片遞給明真校長，並在她耳邊低聲說了些話。

「莎拉小姐，你爸爸的代理人到學校來了。他有要緊的事要和我談談，我不得不失陪一會兒。」

明真校長說罷，便站起身來對其他人說：「各位同學，我必須離開去辦點事，妳們和莎拉小姐一塊兒吃吃糖果，自己隨便玩吧！」

明真校長和阿米亞剛走出門去，學生們便蜂擁似地圍到裝有禮物的箱子旁邊。蓓琪的雙目閃閃發光，也走了過來。

莎拉心裡納悶，「爸爸的代理人，是為了什麼事情來學校呢？」但是轉念一想，反正明真校長一會兒便會告訴自己，所以並不介意。看著放在地板上的包裹，高興地說：「這個可能是書吧！」

艾美在旁說：「咦！妳爸爸在妳生日的時候也送書嗎？那可就和我的爸爸一樣了。那麼，等一會兒再看吧！」

「對啊！雖然我很喜歡書，但是今天大家最想看的是洋娃娃，我還是先打開那個箱子吧！」

莎拉從箱子中取出「最後的洋娃娃」，圍在一旁的少女們都驚呆了。這個洋娃娃實在是太美了，讓她們感歎不已，有人忍不住說：「這個洋娃娃好大呀！簡直和樂蒂差不多了。」

樂蒂聽了這個比喻，顯然感到很開心，當場手舞足蹈起來，差一點就把桌子給弄翻了。

「就像要去參加宴會一樣盛裝啊！」連拉碧雅都感歎起來。

「外套上的貂皮都是真的呢！」

「還有一個箱子，快打開讓我們看看！」

莎拉坐在地毯上，把另一個箱子打開。箱子裡面，裝滿了華貴豔麗的洋娃娃衣裳和飾品，有舞衣、睡衣、外出服、起居服，還有帶蕾絲花邊的圍巾、絲襪，以及項鍊、手套、帽子、扇子……等等。

每看到一樣東西，少女們都要發出一次驚叫。

莎拉給洋洋娃娃戴上黑絨的帽子，瞧著她甜甜微笑的樣子，說道：「大概她能懂得我們說的話，正高興地聽大家的稱讚呢！」

「莎拉小姐！」拉碧雅冷笑起來，「妳怎麼老是喜歡幻想呢？」

「我覺得幻想是件最有趣的事了，如果誠心誠意地想著某一件事，就會覺得它彷彿真的即將實現。」

拉碧雅不以爲然地諷刺說：「那是因爲妳父親很有錢的緣故，所以妳能夠隨意幻想。萬一哪天妳變成了乞丐，連住的地方都沒有，妳還有心情幻想嗎？還能學什麼『公主』的模樣嗎？」

「當然，我想，我一定還是這樣。無論多麼貧窮，甚至做了乞丐，我依然可以幻想，可以學習任何高尚人物的模樣。雖然在那種時候也許很艱難，但我可以藉著幻想，讓自己的生活快樂一些。」

莎拉在生日茶會上說出這樣的話來，莫非是一種巧合？她並不知道她已暗示了自己的命運。這時，在學校會客室裡……

第*11*章

# 令人震驚的惡耗

會客室裡，明真校長驚聲尖叫起來。

「什麼？庫爾……庫爾上尉去世了？千真萬確嗎？」

這是多麼出人意料的事，又是多麼難以接受的惡耗啊！明真校長的手顫抖著，緊緊抓著庫爾上尉的死亡通知。一名自稱是庫爾上尉的委託人的肥胖紳士，一見面就開口告訴她，庫爾上尉已經去世了！莎拉的父親死了！

胖紳士接著說：「是的，非常不幸，上尉患了嚴重的瘧疾，已經死去了。開礦事業進行得不太順利，他的身心變得相當虛弱……」

聽到這兒，明真校長急切不安地插話說：「礦山沒有開採成功嗎？但是，總不至於……」

「妳是想要說，上尉總不至於變成窮光蛋，是嗎？很不幸的，上尉死後，真的變得一文不名了。」

「什麼？這……」

「正確地說，庫爾上尉徹底破產啦！」

「怎麼會破產呢？」

「唉！其實，大部分投資開採鑽石礦業的人，最後都是以破產收場。以庫爾上尉的情況來說……」

據胖紳士說，庫爾上尉輕信了一位好友的花言巧語，把龐大的財產全部投資在自己並不熟悉的鑽石礦業上。豈料，這項事業開展得並不順利，最後連他那個好友都消失無蹤了。與之同時，上尉感染上了可怕的瘧疾。

胖紳士說：「上尉臨終之時，嘴裡還喃喃地唸著女兒的名字。可惜，他沒能為女兒留下任何東西，連一分錢都沒有……」

明真校長彷彿做了一場惡夢，被突如其來的意外搞得六神無主。然而一切不是夢，是可怕的事實。明真校長從來沒有遭受過這樣巨大的打擊，最得意的學生和最慷慨的出資者，轉瞬之間就從這個模範學校消失了。她覺得自己受騙了，庫爾上尉和這個肥胖臃腫的委託人都是大騙子！

她用顫抖的聲音尖聲嚷道：「你的意思是說，庫爾上尉死了，連一分錢也沒有留下？換句話說，莎拉已經沒有任何的財產，窮得和乞丐一樣。她不但不可能成為高貴的富家小姐，還將變成留在我這兒吃閒飯的孤兒，是不是？」

「是的，幾乎就像妳說的這樣。」

胖紳士點點頭，接著又說：「而且，妳還得撫養庫爾上尉的女兒，因為那孩子半點財產都沒有，也沒有任何親戚。」

現實勢利的明真校長聽了，渾身不住地發抖。她做夢也沒想到，一樁引以為傲的美事，最後竟然變成這樣的災難。

更讓她心痛不已的是，她竟然在不知情的情況下，爲莎拉的生日茶會揮霍了不少錢，大肆慶祝一番。剛才還當眾讚譽她，稱她是「莎拉公主」呢！諷刺的是，這時，餐廳那邊還不斷傳來學生們歡呼的聲音，已經變成窮光蛋的莎拉，還和那些同學們玩著快樂的遊戲。

明真校長猛然站了起來，大叫嚷著說：「真是豈有此理！那孩子這次的生日茶會，完全用我的錢來預付，大家還吃得很高興！」

胖紳士用嘲笑的眼神看著她，搖頭說：「很抱歉，身爲委託人，我無法再支付妳任何經費。因爲，庫爾上尉死前並沒有支付半文錢給我，而且，他欠下的債額相當多！」

明真校長歇斯底里地緊抓著椅背，喃喃說道：「以前我總是認爲，爲了那孩子，無論花費多少金錢，庫爾上尉都會還給我的，並且深信不疑。連買那貴得離譜可笑的洋娃娃和做新衣裳的錢，也都是我代墊的。因爲庫爾上尉一再囑託我，只要孩子要什麼，就給她買什麼，那孩子的馬車、僱用下人……總之，一切的費用，一直都是我代付的。」

「實在很抱歉，我愛莫能助。」

「那麼，現在我應該怎麼辦呢？」她認爲胖紳士應當替自己想想辦法。

「我也沒什麼好辦法。」胖紳士一副事不關己的模樣，「庫爾上尉死了，那孩子沒有得到分文遺產。如果必須有人負責那孩子的將來，那也只剩下妳了。」

明真校長聽了差點瘋掉，悍然地回答說：「憑什麼要我負責她的將來？我沒有義務接受這個責任。」

「不管妳願意負責也好，拒絕收容她也好，反正都與我無關。我只能說，對於這次的事情，真的感到非常抱歉……」

「如果你想把那孩子推給我，然後一走了之，那就錯了！我被庫爾上尉給坑了，被他欺騙了！等著吧！我一定要將那孩子趕出校門去。」明真校長氣急敗壞地叫喊起來，臉色變得慘白，兩顆眼珠幾乎要從眼眶裡落下來。

胖紳士氣定神閒地站起身來說：「校長，這樣的做法實在非常不明智。把一個孤女趕出校門去，社會上一定會產生對妳相當不利的輿論，那可是會損害學校名譽喔！妳自己也得不到什麼好處。爲什麼不把她留在學校裡，叫她幫忙做點工作呢？依我看，那孩子非常聰明，將來也許對妳有點幫助。假如我是妳的話，我一定會這樣做。」

明真校長是個愛面子的人，胖紳士的忠告，無疑觸碰到了她的痛處。

胖紳士告別後就匆匆回去了，明真校長表情陰沉可怕地站在那兒，兩眼直瞪著他走出門去。一切都完了！最引以爲傲的富家女莎拉，現在變成一無所有的乞丐了。代付出去的那些錢，永遠也回不到手裡了！

無論她怎樣生氣，還是無法改變這個殘酷的事實。

明真校長又氣又惱，只覺得頭昏腦脹。這時，餐廳裡又傳出一陣歡聲笑語，就像在嘲笑她似的。再也顧不得形象，她握緊拳頭，瘋狂地穿過走廊，狠狠地推開了餐廳的門，大聲叫道：「喂！妳們這些小鬼吵什麼吵！每個人都給我回到自己的房間裡去！趕快！」

正在玩遊戲和在一旁鼓掌喝彩的學生們，全都嚇了一大跳，立刻安靜下來，看著臉色鐵青的校長。

校長像個瘋婆子，氣沖沖地走近莎拉的身邊，大聲咆哮：「莎拉，趕快把妳身上的衣裳脫下來。呸！什麼莎拉公主！真是太可笑啦！我告訴妳，從現在起，妳不再是什麼富家小姐，已經變成一貧如洗的乞丐了，而且是讓我白白花了幾千鎊的臭乞丐！」

莎拉一時茫然失措，莫名所以地望著校長，覺得她也許發瘋了。

校長繼續吼叫：「妳……妳這個小鬼，還敢這樣看我？趕快把妳身上的衣裳脫掉，換上黑色的衣服。妳爸爸死了！」

「什麼？」

「妳爸爸因爲投資那個既無聊又可笑的鑽石礦山事業，不但把所有的家產都賠光，還得了熱病死去了，沒留下半毛錢給妳。現在，妳只是一個孤兒，一個乞丐。妳聽明白了嗎？」

莎拉瞬間失去表情，如同化石一般，沒有光輝的眼睛睜得大大的，臉上一點兒光采也沒有了，只呆呆地望著明真校長，一動也不動。

明真校長以爲莎拉聽到父親的死訊，一定會嚎啕大哭一場，她卻沒有哭，只是直挺挺地站在那裡。心中不由想：「這個孩子真可怕，她那看著我的眼睛裡發出的目光，多麼的奇異呀！」

這時，房間的一個角落裡傳來哭泣的聲音，原來是艾美。

聽見哭聲，莎拉像清醒過來一般，突然轉身跑了出去。

兩個小時之後，莎拉被叫到明真校長的辦公室。

剛才發生的一切，對她來說，彷彿做了一場惡夢般，又或者是個發生在很久很久以前，另一個少女的故事。

餐廳恢復了原樣，校長和全體學生也都換上了平常的衣服。女孩子們個個都顯得騷動不安，而且吃驚訝異，三五成群地聚在一起，交頭接耳，低聲說話。

莎拉穿上僅有的黑絨衣服，緊抱著艾美寶寶，站在明真校長面前。

跑出餐廳以後，她也不知道自己在房間裡做了些什麼，只是茫然地在房間裡踱來踱去，不斷地喃喃自語：「爸爸已經去世了。爸爸已經去世了。」時而停住腳步，向坐在椅子上什麼都不知道的艾美說道：「艾美寶寶，妳知道嗎？爸爸已經去世了，爸爸在很遠很遠的印度去世了……」

此刻，莎拉的臉色顯得十分蒼白，眼圈上出現了黑眶。因爲黑色的衣服已經太小太短了，露在外面的雙腿顯得特別細長。

她沒有黑色的蝴蝶結，只好任由頭髮散亂地垂在兩側，原本蒼白的臉龐，顯得更爲慘白。這真是剛才那個像粉紅色蝴蝶一樣輕盈快樂的莎拉公主嗎？真是令人無法相信。可是，她這副楚楚可憐的樣子，無法令冷酷勢利的明真校長產生絲毫的憐憫和同情。

第12章

# 從天堂落入地獄

見到莎拉，明真校長用帶著厭煩的語氣嚴厲地說：「爲什麼還要抱著洋娃娃？趕快把它放下！」

莎拉更加抱緊了手中的艾美，堅決地回答說：「不，我絕不放下。只有這個洋娃娃是我自己的，這是爸爸給我買的。」

明真校長聽到莎拉這樣理直氣壯的回答，覺得很不高興，可是又沒有理由斥責她，內心竟感到有些急躁不安，但是，她絕對不願向這孩子示弱，因此更加聲色俱厲地說道：「現在不是玩洋娃娃的時候。剛才我不是已經告訴過妳了嗎？妳是個身無分文的孤兒了。」接著，她以極爲冷淡的口氣說：「妳父親破產的始末，和他臨死的情形，我照那個委託人所說的，全都告訴妳了。」

莎拉睜大雙眼，默默地聽著。

「所以，從現在起，妳絕不能再像以前那樣了。妳既沒有錢，又沒有親人，就等於是一個無依無靠的乞丐。」

莎拉默默無語。

「妳聽明白了嗎？爲什麼不回答我？妳又不是啞巴！如果還不明白，我就再說一遍。妳現在是個孤兒，沒有半毛錢，除了仁慈善良的我特別開恩，讓妳留在這裡之外，不會再有任何人關照妳了。」

肚子裡去。

「嗯，我知道了。」莎拉細聲回答，似乎想要將堵在喉嚨裡的話語硬生生吞進

明真校長向放在一邊的那個「最後的洋娃娃」瞥了一眼，極爲不悅地說：「爲了妳，我平白無故損失了好幾千英鎊。包括買這個最後的洋娃娃，貴得離譜的洋娃娃，費用也是我先支付的！」

莎拉向洋娃娃看了一眼，「最後的洋娃娃」仍然保持天真的微笑。「最後的洋娃娃」，這是多麼巧合的事！無意中替她取的名字，竟成爲不幸的預兆。她，真的是名副其實的「最後的洋娃娃」啊！

最後的洋娃娃，最後的洋娃娃……

莎拉望著她，不禁感慨萬千。

明真校長以爲莎拉還留戀這個洋娃娃，便狠狠地說：「別忘了，不但是這洋娃娃，就連妳所有的一切，也全都變成我的東西了。」

莎拉收回視線，淡然地望向校長的臉，不屑地說：「那麼，就請妳統統都拿走吧！除了艾美，我什麼都不要。」

這種矜傲的態度，更加激起明真校長內心的不滿和厭惡。如果莎拉像普通的女孩子那樣，哭哭啼啼，百般哀求，校長的虛榮感得到滿足之餘，說不定會對她溫柔

些。明真校長睨視著莎拉說：「不要再裝模作樣了，妳還真的以爲自己是小公主嗎？妳現在的命運和蓓琪相同，不過是個小下女而已。從今天起，妳必須努力工作，才有飯可吃。」

莎拉的眼睛沒有哀傷，反而顯出光采。

「妳是說，妳要讓我留下來，在學校裡工作，是嗎？嗯，我非常願意工作，妳要叫我做些什麼事情呢？」

「不管什麼事，只要叫妳做，妳就得去做，包括了掃地、上街跑腿，還有廚房打雜。如果妳能做好，我可以考慮把妳收留下來。」

其實，明真校長在叫莎拉談話之前，已經就今後如何安置她的問題，考慮了很久。若想既不損壞學校的名譽，又能保全自己的體面，而且對自己還有幾分好處，唯一辦法，就是像那委託人所說的那樣，讓莎拉留在學校裡工作。莎拉的力氣雖然不大，卻是個相當聰明伶俐的孩子，一定能夠做好許多雜事。

讓她留在學校裡工作個幾年，多少可以撈回一部分令人心疼的損失。出發點兒全是自私的，虛榮僞善的明真校長卻要使莎拉認爲，自己是出於同情和慈悲才收留了她，試圖讓她對自己充滿感激。

「妳的法語不錯，應該可以教那些低年級的學生。」

「我想可以。」

「那麼，我可以收留妳。為了報答我的善心，妳可得拚命地工作才行啊！如果讓我發現妳有偷懶的行為，或者做出任何使我不高興的事，我會立刻就把妳趕出校門去，明白了沒有？」

沒有回應。

「如果明白了，那就出去吧！」

莎拉默默地點了點頭，轉身朝外走去。

明真校長用刺耳的聲音在背後叫道：「妳不向我說句道謝的話嗎？」

小小的身子一動也不動。

「哼！無家可歸的可憐孩子！是我賜給妳一個家，難道妳不懂向仁慈的我說句道謝的話？」

莎拉深吸一口氣，回身邁了幾步，走到校長面前說：「校長，我並不覺得妳是仁慈的人，這裡也不是家，家應該是個溫暖的地方！」

說罷，頭也不回地轉身跑了出去。

把艾美寶寶緊緊抱在胸前莎拉悲傷的心幾乎要破碎。走上樓梯時，心裡想：

「明真校長所重視的並不是我，而是金錢。所以，當我有錢的時候，校長對我很好，沒了錢的莎拉是讓她討厭的。」

她咬緊牙根，強忍著就要湧出來的眼淚。走到房間門口，恰巧遇上阿米亞小姐從裡面出來。

阿米亞愣了愣，似乎有什麼事讓她難以開口，但還是站在門前，一臉歉然地說：「莎拉，妳不能再到這個房間來了。」

「爲什麼呢？」莎拉感到非常驚訝。

心腸比校長好的阿米亞，露出很爲難的表情，紅著臉說：「因爲……這個房間已經不再屬於妳了，所以……」

莎拉恍然大悟，面對冷酷的現實，默默地低下了頭。現在的她，已經不再是有錢的莎拉了，不但不能進入這個特別房間，就連當學生的資格也沒有。她只是個孤兒，和蓓琪一樣悲慘的下女！

「那麼，我……我應該住在哪裡呢？」

「從今天起，妳只能住在屋頂下的閣樓，在蓓琪的隔壁房間睡覺。」

屋頂下的閣樓啊！剛才無意中和拉碧雅所談的事情，此刻完全變成了現實，真是讓人料想不到啊！

「請問，瑪勒特怎麼辦呢？」

「唉！她必須離開這裡，現在大概在女傭房間裡收拾自己的行李吧！明真校長已經把她解僱了。」

莎拉聞言，低著頭向三樓房間走去，希望見瑪勒特最後一面。這幾年來，她一直忠心熱忱地照顧自己，在她離開前，好想說些道謝的話。

走到樓梯的盡頭，抬頭一看，正好見到瑪勒特兩手提著行李，迎面走來。兩人不禁加快步伐向對方走去。

瑪勒特放下手上的行李，緊緊地抱住了莎拉。

「小姐！」

「瑪勒特……」

莎拉忍耐已久的眼淚，此時全湧了出來，如雨一般流下。

「小姐，妳實在太可憐，太不幸了！」瑪勒特也哭個不停。

二人相擁而泣，過了好一會兒，瑪勒特擦了擦眼淚，說道：「小姐，我已經被校長解僱，現在就要離開這裡了，以後恐怕再沒機會見到小姐了……小姐，自己要多加保重啊！」

「謝謝妳，瑪勒特。我們相處那麼久，妳一直都很照顧我，我真不知道該怎樣感謝妳才好。我一生都不會忘記妳的。」

「小姐，我也永遠不會忘記妳的，希望上帝保佑妳身體永遠健康。我相信像妳這樣好的人，一定會得到上帝保佑。不久之後，幸福一定會回到妳的身邊。」

「謝謝妳，瑪勒特，妳也要保重啊！假如以後還要照顧別人家的小姐，請妳也像對待我那樣對待別人。」

「會的，小姐。」瑪勒特用手捂住臉，又傷心地哭了。

「那麼，再見啦！瑪勒特。」

「小姐，再見了。」

目送著瑪勒特的背影緩緩離去，過了好一會兒，莎拉才鼓起勇氣，慢慢走向閣樓的房間，沿路傷心地想著：「現在，大家都離我遠去了，爸爸、瑪勒特，還有我的幸福……」

終於來到了閣樓，這下子莎拉才知道，這房間事實上比蓓琪說的還要糟糕、還要陰暗、還要破落。

由於屋頂傾斜的緣故，天花板一邊高一邊矮。牆壁是用破板子馬馬虎虎地拼湊起來的，許多年前粉刷的油漆，現在已經斑斑駁駁。

屋子裡有一個積滿了鐵銹的小火爐，還有一對坐上去幾乎就要散開的古老椅子和桌子。屋頂的一邊，有一個小小的天窗，幾縷微弱的陽光從那兒射進來，照著昏暗而淒涼的斗室。

天窗下的角落裡，有張破舊的紅色凳子，莎拉將艾美緊緊地抱在胸前，慢慢走了過去，在上面默默地坐著，心裡想著，一切都恍如夢境，今天之前的種種，以及現在坐在這兒的自己……

究竟哪個是夢境，哪個才是現實呢？也許，從前的莎拉公主，一直都活在虛幻的幸福裡。想著想著，忽然聽見輕輕的敲門聲，抬起頭來一看，推門進來的，是哭紅了眼睛的蓓琪。

「小姐，我可以進來嗎？」

「請便吧！」

莎拉努力想露出優雅的笑容，可是怎麼也無法裝出來。

蓓琪走進房間裡，在她面前坐下。

「我已經知道發生的一切了，小姐真是……真是太不幸了。」

面對蓓琪，莎拉不禁又流出眼淚。

「蓓琪，我不是曾經跟妳說過嗎？我們一樣都是女孩子，幸和不幸，只不過是偶然的機緣罷了。妳看，這話現在不是成爲事實了?我們現在同樣的不幸，我不再是公主了。」

「不，小姐。不管怎樣，妳永遠都是公主，絕不會因爲突然的變故而失去公主的尊貴。我希望妳不要因爲遭遇不幸而放棄崇高的思想，妳一定要自己保重才行，我也會盡我的能力幫助妳。」

「真謝謝妳，蓓琪。無論何時，妳都是我最知心的朋友。請妳永遠做我的好朋友，好嗎?」

「小姐，妳太客氣了，應該是我要求小姐和我當好朋友才對。」

「蓓琪，放心，不管有多麼難過，不管遭遇什麼樣的艱難困苦，我都會好好地努力工作。因爲我知道，爸爸會在天堂慈祥地看著我。」

第13章

# 苦難折磨的開始

第一次睡在閣樓裡的情景，莎拉恐怕一生也忘不了。

一整夜，她都沉浸在悲傷的深淵裡，久久不能入睡。朦朦朧朧之中，死去的父親的身影總是浮現在眼前。每次驚醒過來，總是悲傷地在心裡對自己說著：「爸爸已經去世了，我們再也不能相見了。」

越是這樣想著，心中越是不斷地湧出新的悲淒，像有塊大石頭壓在胸口似的，讓她幾乎透不過氣來。

夜很深很深了，床鋪像石頭一般又硬又冷，只有一條破舊的毯子可以禦寒。凜冽的北風依舊呼呼地颳著，風聲陣陣，就好像有什麼東西在屋頂上淒慘地嚎叫，聽起來格外的悲慘而且淒涼。

牆壁的洞裡和地板上，不斷地傳來「吱咕」聲以及啃咬東西的「吱吱」聲，這大概就是蓓琪所說的老鼠吧！

浸濡在哀傷氣氛中的莎拉，內心充滿了恐懼。有一回，她被這些奇怪的聲響嚇得跳下床來，想點燈看個究竟，但是，四周根本連個燭台都沒有，她只好爬回床上，蜷縮在毯子裡頭。

悲傷幾乎令她肝腸寸斷，心臟好像也要脹裂似的，豆大的眼淚一顆一顆地沿著眼眶滾下來，枕頭全濕透了。

像是從光明璀璨的天堂瞬間跌落到無邊且黑暗的地獄，就從這一夜起，生活發生了巨大的改變。

翌日早上，莎拉走進餐廳時，拉碧雅已經坐在她以前的位子上了。

明真校長看她進來，冷笑地說：「莎拉，妳馬上就得開始妳的工作了。現在，先到低年級學生那邊去照料她們用早餐。從今以後，妳必須早點起床。唉呀！樂蒂，妳又打翻茶杯了……」

拉碧雅幸災樂禍地望著默默走到低年級桌子旁邊的莎拉，擺出得意又驕傲的神態。潔西和其他平日嫉妒莎拉的那些女學生則互相傳遞著捉弄的眼神，或是乾脆扮起鬼臉來嘲笑她。

莎拉表現得若無其事，細心地照顧低年級的學生。

早餐過後，收拾整理的工作相當繁雜。正當莎拉和其他的女傭清理餐廳的時候，拉碧雅故意走近她的身邊，冷笑著說：「莎拉小姐，辛苦了！在閣樓裡面住得還舒服吧？妳住在那種地方，還想不想當公主啊？」

多麼冷酷無情的諷刺啊！拉碧雅是故意來恥笑莎拉的，她的心中根本沒有絲毫的同情和憐憫。

但是，莎拉沒有理會，抬起頭，勇敢地面對著拉碧雅說：「拉碧雅小姐，我昨天不是向妳說過了嗎？即使當了乞丐，我也不會停止幻想。這有什麼不可以呢？就算到了現在，我還是沒有改變。」

拉碧雅萬萬沒想到，一個人遭遇這樣的變故，依然堅毅。

「喲！妳還是這麼蠢！好吧！妳就繼續異想天開，繼續做美夢吧！也許不久之後，皇宮真會派人來迎接妳。哈哈哈！」

說罷，她狠狠地瞪了莎拉一眼，轉身走了。

莎拉陷入了短暫的沉思，可是馬上便有女傭在旁邊大聲叫起來：「喂！妳別想趁機偷懶，趕快去收拾盤子！」

就這樣，莎拉開始了女傭的生活，工作變得越來越繁重。

不用多久，包括廚師和其他的女傭們，都學會了明真校長講話的語氣，不停地支使她做這幹那的。這些人都覺得，可以任意對先前校長認爲最寶貴、被大家捧得最高的孩子頤指氣使，是件痛快的事。

起初，莎拉以爲，只要自己認真工作，周圍的人們就會對自己溫柔客氣些。可是她錯了，日子一久，她逐漸發現身邊都是鐵石心腸、冷酷無情的人。

他們知道莎拉很順從，工作起來不辭辛勞，於是更加變本加厲地驅使她。從早忙到晚，簡直讓她累得透不過氣來，連看一頁書的時間都沒有。

莎拉遭遇不幸之後，朋友們對她的態度，也變得相當微妙。拉碧雅及潔西她們自然不用說，甚至連以往非常尊敬喜愛她的學生們，也開始有意無意地迴避。

當然，與其說這是孩子們本身心態的轉變，倒不如說是明真校長竭力使那些少女們和莎拉隔離所產生的結果。

明真校長曾經嚴厲地告誡莎拉說：「記住，妳現在已經不是學生了，不准隨便和學生們談話！」

其實，就算明真校長不說，莎拉也沒有多餘的時間和學生們談話。可既然她當面說了，莎拉更是極力避免和昔日同窗們見面，包括艾美及樂蒂兩人。

有時候，艾美望著莎拉，好像想對她說話，莎拉卻像變了一個人，臉上始終一副冷冰冰的表情，讓艾美不敢開口。

由於過度勞累，莎拉一天一天地消瘦下去，臉上的兩隻大眼睛顯得特別突出。僅有的一件衣服越穿越髒，頭髮雜亂且蓬散。但是，明真校長並沒有而產生任何憐憫心理，禁止莎拉到餐廳吃飯，她只能窩在廚房裡。

漸漸地，在廚房裡吃的東西也越來越差，數量越來越少，多半是吃些學生們的剩餘的飯菜，要不然就是硬梆梆的乾麵包。很多時候，那些東西根本少得不能夠填飽肚子。

雖然淪落至如此悲慘的境遇，莎拉卻沒有因此而頹喪。她覺得，生活越是悲慘，越不能喪失心中那股「公主」應有的矜持。她總是告訴自己：「是的，就像蓓琪所說的，無論如何，我都不能失去公主的風度。當一個穿著華麗的衣裳、爲所欲爲的公主，是件很容易的事。當境遇改變了，穿一身破爛衣服的時候，仍然要維持公主的風度，那才難呢！但是也只有這樣，持續保持崇高的風度，才越能顯出偉大來。」

莎拉想起了瑪麗．安東尼特王后的故事，雖然她因爲法國大革命而被逼退位，被關進監牢裡，但在那樣艱苦的環境中，仍沒有失去崇高的品格，反而比住在宮殿裡的時候，更像個仁慈善良的女王。是啊！只要我把自己想像成是遭到迫害而淪爲乞丐的公主，就不會覺得太難過了。

想通了之後，不管明真校長和傭人們如何虐待，她總是保持著優雅的風度，以公主般的風度來對待別人。

廚師曾經笑著說：「那個孩子，簡直像是從白金漢宮來的公主！」

然而，無論她多麼想保持著高雅氣質，現實生活畢竟是冷酷無情的。沒有蓓琪的同情和鼓勵，恐怕也難以忍受切身的痛苦。

現在，蓓琪的友情是她唯一的慰藉。

白天，兩個人都忙碌得沒有談話的機會，何況一停下來講幾句話，便有人指責她們趁機偷懶。只有清晨起床時和夜晚大家都入睡了以後，蓓琪才能偷偷地溜到莎拉的房間裡，和她談談心，給她精神上的安慰和幫助。

每當莎拉感到悲傷難受，睡不著的時候，只要一想到牆壁的另一邊，也住著一位和自己同樣不幸的少女，兩個人能夠在困苦的環境中相互幫助，相互安慰，一顆心立即溫暖起來。

又是一個非常寒冷的晚上，莎拉獨自坐在又冷又硬的床鋪邊上，抱著艾美寶寶，默默地凝望著天窗外的夜空。

透過一方小小的、四方形的窗，可見無數明亮燦爛的星。

凝視著閃爍的星星，白天因爲工作繁忙而暫時遺忘了的悲傷愁緒，頓時又像泉水般湧上心頭。

莎拉緊抱著衣服也已破舊不堪的洋娃娃說：「艾美寶寶啊！親愛的爸爸也到天堂裡去了，我們已經沒有爸爸、媽媽了。妳看那些星星，天堂就在星星一閃一閃的地方，爸爸和媽媽現在也一定在那兒望著我們呢！」

星星閃爍，發出瑩亮的光芒，眼淚不斷地從她眼中流溢出。

爸爸，親愛的爸爸！您爲什麼留下莎拉，自己一個人到天堂去了呢？爸爸，您帶莎拉來學校的時候不是說過，要莎拉學會許多事情，然後回去好好地照顧您嗎？爸爸，您爲什麼留下了莎拉，獨自離開了呢？爲什麼？爸爸，現在的莎拉，連一個親人都沒有了，是個可憐的孤兒，是個悲哀的女傭啊！每天都感到寒冷，感到饑餓。爸爸……

再也忍不住了，悲傷的嗚咽聲不斷傳出。

忽然，門外傳來輕輕的敲門聲。

莎拉連忙擦乾眼淚，跑去開門。本以爲來者是蓓琪，不料站在門外的，是手裡端著燭台，頭上披著紅色圍巾的艾美。

「啊！艾美小姐，是妳啊！」莎拉驚訝地叫著。

「莎拉小姐，我可以進去嗎？」

「可是……艾美，如果讓別人知道妳到我這兒來，可就有麻煩了！」

「沒有關係，就算因此而被處罰，我也心甘情願。我是下了很大的決心才來找妳的，我……我有些話一定要和妳說，請聽聽吧！」說到這兒，艾美的眼眸已經盈滿淚水。

莎拉牽起她的手，默默地走進室內，關上房門。

艾美將燭台放在桌子上，緊緊地握住莎拉的手說：「莎拉小姐，妳是不是討厭我了呢？以前妳對我那麼親切、那麼好，最近卻老是躲避著我。到底爲了什麼討厭我呢？可以告訴我吧！」

完全沒有變，依然是那麼純真可愛的聲音，艾美和兩人剛認識時一樣，雙眸真誠而充滿悲傷。莎拉突然覺得有股熱烘烘的暖流從胸口湧上來，堵在喉嚨裡。

「莎拉小姐，請妳告訴我，我到底做錯了什麼？如果我有得罪妳的地方，我願意向妳道歉。請妳還是和從前一樣地和我當好朋友吧！」

「艾美，妳並沒有做錯什麼事，用不著道歉啊！」

莎拉咽下那股熱烘烘的暖流，哽咽地道：「我現在仍舊和從前一樣喜歡妳，真的，一點都沒有改變。可是，我……已經和從前不一樣了，所以我想，也許不能再和妳做朋友了……」

艾美急急打斷她的話，「等一等！」並睜大了充滿淚水的眼睛，「妳爲什麼要這樣想呢？爲什麼我們不能再做朋友了呢？」

「因爲……我現在和妳不一樣，不再是小姐了，我變成女傭了。」

「不，絕對沒有這回事！」艾美激動地反駁，「不管怎樣，妳都是我心目中的莎拉公主啊！無論外面環境怎樣變化，妳還是莎拉，不是嗎？妳以前曾經說過，要向公主學習，還說最重要的不是財產或外表，而是一顆善良崇高的心。所以，在我的心目中，妳永遠都是莎拉公主！」

莎拉感動得緊緊握住艾美的手，「謝謝妳，艾美……」

溫暖的友情，像一股電流傳遍莎拉的全身。

無論是蓓琪，或者艾美，她們所給予的純真友誼，是多麼寶貴啊！

「艾美，我錯了，我原本以爲大家都不願和我接近，連妳也討厭我。我實在太傻了，我要向妳道歉。」

「不，不，莎拉小姐。」艾美將手搭在莎拉的肩膀上，臉上洋溢著無限的喜悅，「原來妳並不是討厭我，太好了！我真高興！我們仍然是好朋友。我可以和妳多談一會兒嗎？」

「當然可以，只要妳願意。不過，我們要儘量小聲點說話才行。」

星光閃爍的夜晚，莎拉和艾美恢復了誠摯的友誼。

第14章

# 珍貴的友誼

「妳冷嗎？披著吧！」

莎拉和艾美並肩坐在床邊，艾美取下頭上的紅色大圍巾，遞給莎拉。

「沒關係，這裡從來不生爐火的，現在的我已經慢慢習慣了。我倒是怕妳會感到寒冷呢！」

艾美回答說：「不會的。我穿著很厚的衣服，而且長得胖，冬天倒覺得比較舒服。不過，到了夏天，可就難受了。」

「哈哈哈！」

莎拉開懷地笑了，幾個禮拜以來，從沒這麼開心過。

「那我們倆一塊兒披著好了，把身體靠緊一些，這樣會溫暖一點。」

「好，這個主意真好。」

莎拉靠在艾美身上，立刻有一股熱流傳到身上來，不由把頭依偎在艾美肩上，心裡滿是無比的柔軟和無限的溫暖。

「我……」艾美說道：「我真是不能再那樣下去了。莎拉小姐，妳可以沒有我，我，我卻不能沒有妳。每天晚上，我都難過得想哭。剛才我還蒙在被子裡哭呢！那時才忽然想起，為什麼不來向妳來道歉，恢復我們的友誼呢？」

「妳……妳真是太善良了！」莎拉歎了口氣，「我的個性太好強了，不能夠像妳這樣坦率。從前我曾經想過，自己算不算是個好孩子，必須遇到重大的變動以後，才能看得出來。果然如此！也許是上帝要讓我明白這件事，所以才讓我遭遇不幸和磨難。」

「也許是，但這種痛苦的磨練，未免太過於淒慘了。」

「可不是嗎？不過，這樣也許對我有某些幫助，也許……」

寒風從天窗的縫隙鑽進來，小燭台上的火焰搖曳個不停，照得兩個人的影子不停左右搖擺。

艾美怯怯地望了望四周，說道：「這個房間太陰森淒涼了，妳一個人住在這兒，會不會感到寂寞害怕？」

「當然會，但那也是沒有辦法的事。若把它當作戲劇裡的場景來看，就會覺得好受些。」

遺忘已久的幻想，忽然活生生地從腦海中浮現。自從遭遇了突如其來的災禍，她幾乎已經忘了用幻想來安慰自己。

「在這個世界上，還有許許多多的人，遭遇比我更淒慘更可憐呢！比方說吧！基度山伯爵不是曾經被囚禁在冷酷無情的監牢裡嗎？還有，那些被關進巴士底監獄的人們……」

「巴士底?」

「妳忘了嗎?我以前曾跟妳講過這個故事。法國大革命爆發的時候，有很多的革命者和愛國志士，被關進那個監獄裡……」

「對對!我想起來了。」艾美點頭。

莎拉的眼睛突然熠熠生輝，接著說道:「對了!我想，這裡更像是巴士底獄。以後我要把自己幻想成巴士底監獄的囚犯，嗯，我已經被監禁許多年了，明真校長就好比無情的看守人，而蓓琪是隔壁牢房的囚犯。」

莎拉似乎又恢復了以往的神采，雙頰微微泛起紅潤，繼續說著:「咦!我爲什麼忘了呢?好久都沒有運用過我的幻想了!如果早一點有現在這種想法，心情不知道要輕鬆多少!」

艾美聽了，迫切地說:「以後請讓我繼續上來找妳，聽妳講些幻想的故事，好嗎?我會偷偷到這裡來，不讓別人知道，這樣一來，我就可以在晚上聽妳講妳所編的故事。我們之間的友誼，一定會比以前更深厚。」

「是啊!如果能夠這樣，我也會很快樂。無論白天的工作如何辛苦，只要一想到晚上能講故事給妳聽，我便可以忍耐。」

艾美皺了皺眉頭，「妳的工作是不是非常辛苦?」

「是的。整天忙碌，一點也不能休息，被他們不停地支使。每天晚上回到這房間裡來，我都累得不能動彈。」

「唉！妳真可憐！」

艾美深深嘆了一口氣，輕輕地抱住莎拉的肩膀。

「不過，工作多累都無所謂，最讓我難過的是不能看書。如果每天都有時間看些有趣的書，就不會覺得那麼艱苦了。」

艾美若有所思地說：「莎拉小姐，我把我的書送一些來給妳看，好不好？」

「真的嗎？」

「當然。上次請假回家的時候，爸爸給了我許多書，他希望我下次回家之前，把這些書的大意統統都記住。」

「那麼，艾美……」莎拉連忙接著說：「妳把那些書借給我，我看過之後，用講故事的方式講給妳聽，如何？」

艾美聽了非常高興，不禁手舞足蹈，「好極了，好極了！妳講的故事，我一定能記得住。下次我一定把書帶來。」

「那麼，我們就這樣約定了，我一定儘量使妳很快記住那些書的內容。」

「太好了！爸爸一定很高興！」

「是呀！我既可以看書，又能夠講故事給妳聽，如此一來，簡直和以前的生活一樣地快樂！」

「是啊！只不過是現在住的房間和身上的衣服，不如從前華麗罷了。」

「可不是嗎？」

兩個人快樂地笑出聲來。

不久，艾美便要回到寢室去。臨走時，莎拉若有所悟地說：「艾美，我明白了。剛才我不是說過嗎？無論這種生活是如何的悲慘，對我總會有幫助的。妳看到的是我的不幸，我則瞭解了，妳是個多麼善良的人。」

四、五天以後的一個黃昏，巴士底監獄又來了一位客人。

當天，莎拉恰巧被派到很遠的市場買東西，好不容易拖著疲憊不堪的腳步回來，無力地往樓梯上爬，走到房間門口，剛推開門，便聽見一個響亮的聲音。

「啊！媽媽！」

真想不到，小樂蒂就在房內，正抱著艾美寶寶，一看到莎拉便大喊一聲，從床上跳下來，鑽到她懷裡。

「咦？樂蒂……」莎拉大吃一驚，「妳怎麼會到這裡來呢？妳怎麼知道我住在這兒？」

樂蒂歡喜得不得了，緊緊地摟著莎拉的腰說：「不管怎麼樣，我一定要到媽媽的房間來看看。沒辦法，我問您，您總是不說，我只好注意聽那些大孩子們的談話，才知道媽媽原來住在這兒。」

年幼的樂蒂似乎還不太理解什麼是不幸，只是懵懵懂懂知道，莎拉在生日那天發生了很大的變化。她不明白，爲什麼從那時候起，莎拉老是穿著破舊衣服，不再上學了，而且還得去教低年級學生做功課。

她實在感到莫名其妙。更奇怪的是是，打從那時候開始，莎拉對她的態度也和從前不一樣了。不管向莎拉說什麼，她總是板著臉孔，不大理會的樣子，這使得樂蒂感到非常難過。

莎拉到底怎麼啦？她是不是不願意當我的媽媽了？樂蒂一直胡亂猜想著，心裡滿是悲傷。

她曾經聽那些大孩子們說過，莎拉已經不住在那個特別的房間了，無奈之下，她決定自己打聽。

趁著一次上法語課的機會，她偷偷地問莎拉：「您現在到底住在哪裡？」

莎拉卻冷淡地回答：「請不要講話，明真校長正注意這邊哩！」說罷，便沒有再對她說第二句話。

然而，樂蒂是個個性相當倔強的女孩子，只要是她想做的事情，就一定會做到底。既然莎拉不告訴她，她便想到用其他的方法尋找莎拉的住所，於是開始注意別人的談話。

終於有一天，她從大孩子們的談話裡，知道莎拉住在閣樓裡，非常高興，便到處尋找上閣樓的通道。今天總算尋到了通往閣樓的樓梯，偷偷爬了上來。

「我走到這兒，輕輕推開了房門，看見艾美寶寶躺在床上，就知道媽媽的確是住在這裡了。」

樂蒂得意地笑著說，臉上有兩個酒窩，顯得格外的可愛甜蜜。莎拉卻有些擔心，萬一她在這裡哭鬧起來，讓別人發現，事情可就糟糕了，連忙說：「樂蒂，假如妳想要待在這裡，那就得答應我，千萬不能大聲吵鬧，否則被校長知道了，我們都會挨罵的，而且妳以後也不能再上來玩了，知道嗎？」

「我明白，我絕對不會吵鬧的。只要能和媽媽在一起，我會變得很乖。」樂蒂點點頭。

多麼可愛啊！莎拉忍不住抱了她的肩膀。

兩個人在床鋪邊上坐了下來！樂蒂依偎在莎拉身邊說：「那些大孩子都說媽媽

是乞丐，她們都不對，乞丐怎麼會有自己的房間呢？我的媽媽不是乞丐，以後我要這樣跟她們說。」

莎拉聽了這段天真的話，感動得幾乎要流出眼淚來。

「是啊，我並不是乞丐！只不過是一毛錢也沒有，外表像個乞丐罷了。可是妳看，這個房間這麼髒亂。雖然有火爐，卻沒有煤炭可以生火取暖，還有這張床，硬得像石頭似的……」

「沒有關係，不管媽媽變得多麼窮，我還是喜歡。」

「真是謝謝妳，樂蒂！」莎拉偷偷擦了擦眼中的淚水，「剛開始我也很難過，但是現在已經習慣了。這個房間雖然又髒又破，可是，住習慣了，卻發現它也有許多好處呢！譬如說，從上面那個窗子向外望，可以看見很多在下面房間裡看不見的東西呢！」

樂蒂跳下床來，好奇地朝天窗張望，「能看見什麼呢？」

「可以看見煙囪、麻雀，還有別人家的屋頂啊！有時候，還可以看到有人從那些窗口伸出頭來張望，真是有趣極了！而且這裡很高，會覺得自己好像身在另一個世界。」

「媽媽，我也要看！讓我看看，好不好？」

第15章

# 黑暗中的美兒琪

莎拉小心翼翼地把樂蒂抱到天窗下面的一張舊桌子上，自己則站在旁邊，兩個人都把頭伸到窗外去張望。

這時正是薄暮黃昏，天窗外，絢爛美麗的天空似乎比在馬路上看的時候更靠近了些。果然，從高處向外望去，看到的景物和地面上看到的大有不同，而且有許多是平時看不到的。

樂蒂高興而忘情地欣賞著，地面上的人與事物，明真校長、阿米亞小姐、教室，以及成群的學生，都變得小小的，幾乎不像是真的。連廣場上那輛馬車的聲音，聽起來都像是從另一個世界傳過來的。

她抓住莎拉的手腕說：「媽媽，我喜歡這個房間，真是喜歡極了！這兒高高的，又有可以瞭望景物的天窗，比我住的那個房間要好！」

莎拉微笑著說：「是嗎？如果隔壁那幢空房子也有人住就好了。如果那兒也有個像我這樣年紀的女孩子，我們就可以對著窗口聊天。」

隔壁的房屋已經空了很久，那些窗戶都緊緊地關閉著。

忽然，樂蒂驚奇地叫道：「媽媽，妳看！有隻麻雀飛過來了。」

「要是有一些麵包，我們就可以餵牠了。」

「嗯，我的口袋裡也許有。」

果然，樂蒂從口袋裡找出一些麵包碎屑，往麻雀那邊丟了過去。冷不防被嚇了一跳，麻雀立即展開翅膀飛到煙囪上面去。莎拉見狀，便學著鳥兒鳴叫的聲音，吱吱地向牠打招呼。牠似乎發現她們對自己並無惡意，而且還帶來了一頓美味的大餐，忍不住歪著頭，眼睛直望著那些麵包屑。

樂蒂有些心急，忍不住說：「牠到底要不要下來吃呢？」

「大概會吧！牠的眼睛盯著麵包屑，應該很想飛下來，可是又有點害怕，心裡正拿不定主意……啊！妳看，牠飛過來了！」

麻雀果真飛下來了，迅速地銜起一塊較大的麵包屑，然後很快地飛到煙囪背後去。過了一會兒，牠又飛來了，這次約了幾個朋友一起來。朋友又找來幾個朋友，不一會兒工夫，已經有十幾隻麻雀聚集，津津有味地吃麵包屑。

樂蒂幾乎忘了身處又小又髒的閣樓房間中，十分高興地看著。因爲有了樂蒂，莎拉才發現這麼美好的事物，不由高興起來，又陷入了美妙的幻想中。

「這閣樓又小又高，真像是鳥窩！天花板是斜向一邊的，其實特別，站起來幾乎快要碰到頭了！」

「我每天早晨睡醒的時候，總是愛坐在床上，朝著外面的天空張望。這個小窗子，就好像一幅美麗的畫。天氣晴朗的時候，有很多色彩繽紛的浮雲慢慢飄過去，近得好像一伸手便能捉住；下雨的時候，雨水敲打著玻璃，發出清脆的聲音，似乎是在對我說話。還有，在滿天都是星星的晚上，我總是高興地數著星星，那塊美麗的黑色天鵝絨上，到底有多少顆寶石般的星星呢？雖然只見一小塊地方，星星竟然多得沒法數清楚。妳看，那個小火爐生了銹，可如果把它擦亮，點上炭火，不也很溫暖嗎？如果能夠這樣想，這個小房間也不算太糟啊！妳說對不對？」

樂蒂聽得入迷了，彷彿莎拉所說的一切，都已經出現在眼前。

莎拉繼續想像著：「我們可以在地板上鋪一張藍色的印度地毯。那邊的角落，可以擺上放著軟墊子的長沙發。書架就放在椅子的旁邊，一伸手就能拿到書本。然後，再在火爐前面鋪上一張柔軟的老虎皮。牆壁上所有被弄髒的地方，統統用畫框和名畫遮掩起來。」

「茶几擺在房間正中央，上面蓋著粉紅色的桌巾，再擺個漂亮的茶壺，床鋪也要換成新的。至於那些麻雀，我要和牠們做朋友，每天早晨起床，都要走到窗口向牠們道早安。」

樂蒂沉迷其中，好似身在夢中，長長地吁了口氣說：「媽媽，這裡實在太好了，我能搬到這裡住嗎？」

當然，這是絕不可能的事。

時間過得很快，天色很快就暗了下來，儘管捨不得，樂蒂也只能一臉不樂意地慢慢下樓去。

快樂熱鬧過去以後，接踵而來的便是格外的寂寞和空虛。樂蒂的腳步聲消失之後，莎拉全身無力地坐在床上，竟覺得這個房間變得更加淒涼了，只有髒兮兮的牆壁、傾斜的天花板、生銹而冰冷的火爐，以及破舊的桌子和小凳子……

這一切使莎拉更悲戚，更傷心，不禁用雙手捂住臉，低下頭，眼淚從指縫流了出來，落在腿上。她在心中吶喊著：「太寂寞了！這個世界上，還有誰比我更孤獨寂寞呢？」

就這個時候，一陣細微的聲響從房間的某個角落傳了出來，莎拉立刻停止啜泣，抬頭四處張望。

原來是一隻大老鼠，貼著牆壁，兩隻前腿搭在牆上站立，不停用鼻子嗅聞著。也許，剛剛樂蒂從衣袋裡掏出來的麵包屑，有一些撒落在了地板上，麵包的味道把牠引了出來。

這隻老鼠就像留著灰色小鬍子的矮人，求情似的望著莎拉，眼中流露出希望和怯懦。看著牠，莎拉竟然忘記了害怕，心裡想著：「老鼠一向是惹人討厭的，這種滋味一定很難受吧！就跟我現在被欺負的處境一樣。我怎麼能嚇唬牠或捉弄牠呢？好可憐的老鼠啊！」

剛開始，那隻老鼠顯得有點害怕，後來好像也感應到了莎拉的仁慈心腸，開始慢慢地朝著麵包屑撒落的位置移動。

「來吧！沒有人會傷害你！你放心地吃吧！書上說，巴士底的囚徒們和老鼠都相處得很好，我也和你們做朋友吧！」

說也奇怪，不知道是什麼緣故，動物竟聽得懂人話。

也許，這世界上有一種特殊的無聲語言，可以在萬物之間通用。也許無論是什麼動物都有著心靈感應能力，不用透過任何語言，就能夠互相交流思想。

老鼠放下心似的來到麵包屑旁邊，一邊吃那些碎渣，一邊抬頭望望莎拉，眼中似乎流露著感激。

七八天後的一個晚上，艾美抱著一大堆書籍，偷偷來到閣樓的房門口。輕輕敲了敲門，但裡面一絲聲響也沒有。

她心想：「莫非莎拉小姐睡著了？」

就在這時，房內傳出一陣低微的聲音：「美兒琪，把它帶回家去，給太太和孩子們吃吧！」

過了一會兒，莎拉才前來開門。

艾美莫名其妙地問道：「莎拉小姐，妳在和誰說話呀？」

「我可以告訴妳，不過，也許妳會害怕。」莎拉笑著說，這時注意到艾美抱著的書，「哎呀！妳真的把書送來了，我實在太高興啦！」

踏進室內，艾美忽然感到害怕，因爲房間裡空空的，不見到其他人影。難道莎拉是在和鬼怪說話？

艾美畏畏縮縮地把書放在桌子上，急忙轉過身來問：「莎拉小姐，快告訴我，妳剛才究竟和誰在說話？」「如果妳不害怕，我就告訴妳。剛開始，連我自己也很害怕呢！可是，現在完全不怕了。」

「到底是誰？鬼怪嗎？」

「鬼怪？不是的，是老鼠。」

艾美一聽，嚇了一大跳，慌忙地跳到床鋪上頭。雖然沒有嚇得驚聲尖叫，臉卻發白了。「老鼠？老鼠在哪兒？」

「不用害怕，牠們都很溫馴。我只要一叫，牠們就會出來。妳要是不相信，我現在就叫牠們出來，好不好？」

艾美使勁地搖頭，莎拉便笑著把怎樣跟老鼠認識的經過告訴了她。

「我幫牠取名叫美兒琪。牠們都很聽話。」

莎拉接著說了關於老鼠的種種有趣事情，艾美這才漸漸恢復平靜，沒有起先那樣害怕了，最後甚至好奇地說想要看看老鼠。

「妳真的可以叫牠們出來嗎？還有，老鼠出來以後，會不會跑到床上來？」

「不會的，牠們很守規矩，很有禮貌。妳就坐在這兒看著吧！」

莎拉走到牆邊，跪在角落的一個小洞旁邊，低聲吹起口哨。吹了四、五聲之後，真有一隻大老鼠從洞口探出頭來，四處張望，兩隻小眼睛亮晶晶的。

莎拉把一些碎麵包丟在地上，大老鼠靜靜地爬出洞口，毫不客氣地吃了一些，然後叼了一塊較大的碎片，匆匆地回到洞裡去了。

莎拉笑著說：「妳看，美兒是把麵包帶回去給牠的太太和孩子們吃。妳說牠是不是很好？牠自己才吃了一小塊呢！牠回到家裡，全家一定會很歡喜地吱吱咕咕叫個不停。仔細聽，可以琪分辨出美兒琪和他太太的吱吱叫聲，其實不同呢！」

「哈哈！」艾美終於開心地笑了起來，由衷說道：「莎拉，妳真是與眾不同，妳真的很善良！」

第16章

# 被錯認爲乞丐

「我正在學習做善良的好人。」

說著說著，莎拉的表情變得嚴肅，臉上也露出了苦惱，「這實在不是件容易的事，尤其像我現在的處境，學習做好人更是困難。我一直希望自己至少在心中保持著公主的氣度，可是，有時候受到的委屈實在太大了，幾乎支撐不下去，這真是難受極了！」

艾美同情地點點頭。

莎拉站了起來，目光停留在桌子上面的那一堆書上，似乎瞬間忘掉了一切的苦惱，連忙走了過去，拿起最上面的一本，匆匆地翻了幾頁。

「喔！多少精美的書啊！這不是卡來爾的《法國革命史》嗎？它是我以前最喜歡看的一本書了。啊！真高興能再看到它。」

「我一點也不喜歡。」艾美皺著眉頭說：「爸爸一次就送這麼多書，我根本就沒有辦法一下子看完，甚至一看就覺得頭痛。」

「咦！為什麼我們正好相反呢？無論多麼悲傷，或是有什麼苦惱，只要看看書，我便會覺得好多了。」

「那可太好了！如果我能像妳一樣愛看書就好了，那就不會經常被老師和爸爸責罵了。唉！我的記性為什麼會這樣差呢？」

艾美說完，重重地歎一口氣。

「不用難過，這並不是妳的錯，只不過是妳的……」

莎拉本來想說「只是妳腦筋不好罷了」，但想到這樣說也許會令艾美傷心，趕緊吞下已到了口邊的話。

「我什麼呢？」

「喔！我是說……妳的記性不好，不能記住很多事情，那並不是妳的錯，而且這也不是什麼重要的事。記性好的人並不一定就了不起，做人只有和藹、親切、坦率，才有價值。妳看，像明真校長，雖然她的學問很好，似乎什麼都懂，但是她待人太刻薄了，既沒有同情心，也不和藹，所以大家都討厭她。頭腦聰明的人如果老是做壞事，或者不懷好心，就算再怎樣聰明，也不值得欽佩。」

聽了這番話，艾美高興地點點頭，從來沒有人像莎拉這樣安慰和鼓勵她。心裡不由想著，莎拉小姐果真是個好人，真是不愧「公主」的稱號。

這時，忽然聽見有人敲牆壁的聲音，她嚇得幾乎跳起來。

「那是什麼聲音？」

莎拉笑著說：「隔壁牢房的囚犯在向我打招呼。」

「是蓓琪嗎？」

「是的。請妳等一會兒！」

莎拉走到牆角，用拳頭輕輕地敲了三下。

那邊立刻嗑嗑嗑嗑地回了四下。

艾美感到大惑不解，莎拉微笑著回到她的身邊，說道：「還記得上次和妳說過，我把這裡當作巴士底監獄嗎？我們這些囚犯總是用那種暗號來互相通話。剛才蓓琪敲了兩下，那是『喂！妳在嗎？』的意思。我回答三下，是表示『我在這兒，一切正常』。然後她又敲了四下，那是『讓我們安靜地睡吧！再見！』的意思。」

艾美驚奇地說：「真是妙極了！就跟故事裡的情節一樣呢！」

「事實上，這一切並不只是像，都是真正的故事啊！無論什麼事情，都可以把它當作故事來看。無論是美兒琪、巴士底、妳和我，還是學校、學生們、老師……全部都可以編成一篇故事。」

接下來，莎拉坐在床邊，講起故事來。艾美聽得入了迷，完全陶醉在高潮迭起的情節裡面。

不知不覺，夜已深了，莎拉不得不把這位天真的「小囚犯」送出房去，叫她回自己的寢室去睡覺。

艾美和樂蒂並不能經常到閣樓上來，如果不小心被明真校長和阿米亞小姐發現就糟了。更何況就算她們去了，莎拉也不一定在房裡。所以，大多數的晚上，莎拉都是孤獨一人。

至於白天，在學校裡幹活，雖然周圍有許多人，給她的感覺，卻比獨自待在閣樓裡更加孤單、寂寞。

一年不知不覺又快過去了。

天氣越來越冷，莎拉的處境也越來越苦了。

每天都要被派到街上去買東西，寒風刺骨的天氣裡，卻沒有保暖的皮鞋，也沒有襪子，就連件外套都沒有。

若是遇到下雪的日子，那就更加辛苦了，不但手腳被凍傷，簡直連心臟都要被凍結起來。而且，她常常餓著肚子，因而更難抵擋這種嚴寒。

漸漸的，莎拉養成了一種習慣，當實在冷得受不了的時候，就偷偷往別人家裡看看，看他們全家團聚在溫暖的火爐旁邊，快樂談笑的情形。藉著想像，讓自己少也得到一點溫暖。

街上許多家庭當中，莎拉最喜歡轉角那幢磚房裡的一家人。她把他們稱爲「大家庭的人們」，不過不是因爲房子大，而是因爲人口多。

那個大家庭有一個胖的爸爸、面目慈祥的媽媽、健康和藹的祖母，還有八個天真可愛的孩子，以及好幾個男女傭人。全家聚在一起的時候，真是一幅熱鬧而溫馨的景象。

每次從他們的窗口望見種種熱鬧美好的情形，莎拉便會忘記自己正處於飢寒交迫，不自覺地流露出微笑。

耶誕節的前一天晚上，發生了一件奇妙的事情。

那天，莎拉照例又被派到市場去買菜，回來經過「大家庭」門口的時候，恰巧遇上那些孩子們。他們大概是要去參加晚會吧！個個都穿得漂漂亮亮的，正要坐上一輛豪華的馬車。

兩個身著花邊衣服，戴著閃閃發光裝飾品的女孩子先上車，接著，一個年約五歲的男孩子跑過來，踩在腳踏板上。

小男孩長得活潑可愛，莎拉不知不覺地停下腳步看著他，幾乎忘記了自己手裡提著大籃子，身上穿著破爛的衣服。

忽然，小男孩發覺有人在看自己，轉過頭來。莎拉這才回過神來，不好意思地轉身離開。

走了幾步，背後傳來孩子的聲音：「妳等一等！」

莎拉停下腳步，回頭一看，原來就是那個小男孩，氣喘吁吁地跑到她身邊說：「這個送給妳！」

白胖的小手裡，躺著一枚五毛錢的銀幣。

莎拉先一愣，隨即恍然大悟，原來這個小男孩看見自己穿著一身破舊的衣服，把自己當成乞丐了！

從前，過著幸福生活的時候，她也經常這樣熱心幫助路旁的乞丐。

莎拉窘迫得滿臉通紅，對那小男孩說道：「謝謝你，小弟弟，我並不需要這個。」

她的談吐那麼有風度，一點也不像個乞丐。她的態度謙和有禮，實在不失爲一個受過良好教育的小姐。馬車裡的女孩子都覺得奇怪，紛紛從窗口伸出頭來。

小男孩以爲莎拉不好意思拿，把銀幣放在她手裡，「妳拿去吧！我今天就有這樣一個願望，如果遇上像妳這樣可憐的孩子，就把五毛錢送出去。」

這個孩子大概是聽到父母講述了窮人家的孩子怎樣可憐，所以依照耶誕節的慣例，想發現那些可憐的孩子，並且幫助他們。

莎拉被這孩子的純真感動了，不忍讓他傷心，於是接受了那五毛錢銀幣，說道：「謝謝你，小弟弟。你真是仁慈的人。」

孩子聽了，高高興興地轉身，回到馬車上去了。

莎拉緊緊地握著手裡的銀幣，慢慢地走回學校。

她知道自己身上的衣服十分破舊，但是她從來沒有想到，別人會把她看成是個乞丐。可是，那又有什麼辦法呢？想想自己，衣服破破爛爛，經常挨餓，和乞丐又有多大差別呢？

很想哭，但是喉嚨被一塊熱烘烘的東西哽住，哭不出來。

馬車駛動以後，車裡那個大家庭的孩子們，熱烈地談論起來。

十五歲的大姐說：「弟弟，你怎麼把錢給那個女孩子呢？依我看，她並不像是乞丐。」

二姐也說：「而且，她沒有向你行乞。我本來很擔心，害怕她會生氣。無論是誰，被誤認成乞丐，都不會高興的。」

小男孩很認真地回答說：「可是，我覺得她實在太可憐了。而且，她並沒有生氣，還對我說：小弟弟，你真是仁慈的人。」

兩個女孩子面面相覷，然後說道：「如果她真的是個乞丐，就不會說這樣的話了，而是：謝謝小主人，謝謝您。而且還會不斷地向你點頭致謝。」

經過這次事情以後，「大家庭」的孩子們，都對莎拉產生了特別濃厚的興趣，當她再路過他們的房子時，靠馬路邊的窗子後方，總會有幾雙充滿關切的眼睛。

幾個孩子總是圍著火爐，談論有關莎拉的事情。不久他們便知道，她是附近那所學校的小女傭。

後來，他們共同替莎拉取了一個很長的名字——「不是乞丐的小女孩」。

莎拉並沒有用掉那一枚五毛錢銀幣，她在中間鑿了一個小洞，穿上一條線，掛在脖子上。

雖然對於被誤認感到難受，但她更喜歡大家庭的孩子們了。

第17章

# 新來的鄰居

這天夜晚，莎拉還被留在廚房裡工作，蓓琪偷偷在她耳邊說：「小姐，隔壁的那幢空房子，好像有人搬進去住了。」

「喔！真的嗎？」

「今天，我看見有好幾個像女傭的人，在屋子裡打掃整理呢！」

「是嗎？這太令人高興了！」

莎拉一直希望能有人住進隔壁的那幢房子，因爲那幢房子的閣樓，正好與自己的房間相對，而且距離很近。如果有人打開那個方方正正的窗子，往外張望，她將可以與對方認識並交談。

願望終於要實現了！她心中充滿喜悅，一邊工作，一邊想像著：「搬進那幢房子的會是麼樣的人家呢？又會是什麼樣的女傭要住在那個閣樓上？希望她能夠和我談得來。」

兩天之後的一個早晨，從市場買菜回來的莎拉，正好看到一輛載貨的馬車，停在隔壁那幢房子的大門口。看著看著，不知怎的，她竟覺得自己的心跳得很厲害。直覺認爲，從那些傢俱便可以推斷出，房子的主人是個怎樣的人。

她心想：「我剛到這裡的時候，覺得學校的建築和所有傢俱裝飾的風格，冰冷而呆板，很像明真校長，後來證明，想法果然不錯。至於那個『大家庭』，我想一定有許多溫暖又柔軟的安樂椅和長沙發。透過窗戶，可以看見他們家牆壁上貼著紅色的壁紙，所以，裡頭的人們都有著親切仁慈溫暖的心腸。」

工人們忙碌地從馬車上搬下做工精細，有著美麗花紋修飾的大木桌，和帶著濃郁的東方色彩的屏風，以及其他各式各樣的傢俱。此情此景，不禁激起一陣濃厚的鄉愁。在印度的時候，她經常看見這類東西，被明真校長收回的傢俱當中，也有一套精細雕刻的小桌椅。

多麼豪華漂亮的傢俱啊！它們的主人一定非常了不起，再看如此豪華的排場，他很可能是一位富翁。

所有的傢俱多少都帶了點東方味道，隨後，又搬下了一尊漂亮而且莊嚴的佛像。莎拉見了，親切感油然而生，原來，她的父親也曾經有過一尊這樣精巧的佛像。雖然還沒有看見即將成為鄰居的人，她卻已經對這神秘的一家人產生了親切的好感。

當天傍晚，出去搬運牛奶箱子的時候，發生了一件使莎拉更加高興的事情。她看見「大家庭」的主人走進隔壁的房屋去，過了一會兒才出來，指揮著工人和女傭們安放桌椅和佈置傢俱。

很顯然的，這位「大家庭」的主人，一定和將要住進隔壁房子的人家，有著十分密切的關係。她忍不住心想，如果住在隔壁的人家也有小孩，「大家庭」的孩子們一定會經常來這裡玩，說不定他們還會好奇地爬到閣樓上去呢！這樣一來，彼上能成爲朋友了。

這天晚上，蓓琪溜到莎拉的房間來聊天。她說：「小姐，我聽說要住在隔壁那幢房子的人家，是從印度搬來的，他們的皮膚會不會是黑的？這家人還很富有呢！小姐，妳經常提起的那位『大家庭』的主人，據說就是隔壁人家的顧問律師。我還聽說，隔壁的主人最近發生了非常煩惱的事情，結果憂慮成疾，身體非常虛弱，整天都躺在床上。這些事情都是他的女傭說的。」

莎拉聽了，忽然想起自己的爸爸，心裡又是一陣難過，在心中替隔壁的主人默默地祈禱：「仁慈的上帝呀！希望你保佑他，不要讓他像爸爸一樣不幸，希望他能夠早日恢復健康。」

四五天之後，一輛大馬車停在隔壁的大門口。車夫開了車門，那位「大家庭」的主人和兩個護士率先走下車，接著，從屋子裡跑出來兩個男傭人，合力把一位印度紳士模樣的人從車上攙扶下來。這位紳士的身體看來十分瘦弱，幾乎只剩下一身皮包骨，身上披著一塊大毛毯。

大家都很擔心地圍著他，小心謹慎地把他扶進房子裡去。再過不久，一輛載著醫生的馬車駛來，停在了門口。

那一天，莎拉正在教低年級的學生寫法語功課，樂蒂忽然在她耳邊小聲地說：「莎拉小姐，我看見隔壁有一個黑黑的男傭人喔！他的頭上纏著一塊白布。我想，他大概是個印度人。」

「是的。」

「莎拉小姐，妳在印度的時候，是不是也有那樣的傭人呢？」

「有啊！不過，現在不要提那些了，趕快去做練習題吧！」莎拉不想再勾起傷心往事，便把話題岔開。

眨眼之間，又過了一個禮拜。

這一天，就冬季的倫敦來說，實在是非常難得的好天氣。黃昏時分，雲彩被落日餘暉染成一片美麗的紅。

天氣好的時候，莎拉最喜歡透過明亮的天窗，欣賞絢麗的落日和天空，這時她又偷了空，匆匆忙忙跑到閣樓上來，站到舊桌子上，把頭儘量探出去，望向遠方的天空。此刻，整片美麗的天空似乎只屬於她一個人，因為除了她，沒見到第二個人也從屋頂和窗口欣賞黃昏的景色。

西邊的天空鑲上了一層燦爛耀目的金黃色霞光。成群的烏鴉正趕著歸巢，黑影掠過，構成一幅美麗的圖畫。美極了！真是美麗極了！今天的落日真是無比壯觀，就好像在預告著，將有意想不到的大事件要發生！

莎拉正看得出神，突然有一種奇異的聲音傳入耳中。轉過頭，看到隔壁樓上的窗子打開了，一個包著白色頭巾，穿著白色衣服的人出現在窗口。

莎拉立刻想到，他也許就是樂蒂所說的那個印度男傭人吧！一隻可愛的小猴子吊在他的胸前，剛才聽見的奇異聲音，原來是牠發出的叫聲。

印度人也發現了莎拉，於是回過頭來。

他的臉上，籠罩著一股陰鬱的鄉愁。身在經常被濃霧籠罩的倫敦，非常難得見到太陽，也許今日壯觀的落日，使得牠想起了那遠在千里以外的家鄉。

莎拉凝視著印度人的臉孔，微笑著向他點頭打招呼。這幾年的苦難生活讓牠深切地體驗到，一個人在孤獨難受的時候，如果能見到有人用笑臉親切地打招呼，必會愉快許多。

果然，莎拉的微笑使對方高興起來，陰鬱的面孔逐漸呈現出光采，愉快地點頭還禮。這時，不知爲什麼，小猴子猛一下離開他的胸前，躍過房頂，跳到莎拉這邊來。以她的肩膀作跳板一躍，瞬間便跳進了房間裡。

莎拉覺得非常有趣，忍不住開心地笑了。緊接著，她立刻想到必須把這隻小猴子送還給牠的主人，可是，又不知怎樣才能捉住頑皮而機靈的小猴子。於是，她用多年以前學會的印度語詢問：「請問，我該怎麼捉住這隻猴子？」

印度人突然聽到莎拉說出印度語來，感覺非常驚訝，想必做夢也沒有想到，能在異地聽見家鄉的語言。

下一秒他的表情由驚奇變成歡喜，有如遇見幾十年不見的老朋友，開始用印度話滔滔不絕地與莎拉談了起來。

他介紹說自己叫做「蘭達斯」，又說：「這隻猴子很頑皮，恐怕不會聽小姐的話。如果您允許我過去，我可以到您那邊捉牠。」

「兩個屋頂之間距離那麼寬，你跳得過來嗎？」

「這並不難。」

「那就請你跳過來吧！否則讓牠跑到別的地方去，可就糟了！」

蘭達斯從天窗爬到屋頂上，又從屋頂跳到莎拉這邊來，身手敏捷，動作靈活，好像身懷飛簷走壁的絕技似的。

莎拉往後退一步，他從天窗滑落到地板上，輕得連一點聲音都沒有。站穩了腳步之後，立即做了個印度式的敬手禮。

小猴子原先在室內到處蹦跳玩耍，看見蘭達斯來了，淘氣地尖叫起來。蘭達斯關上天窗，開始捉牠。牠則像開玩笑一般四處閃躲一陣，隨後跳上他的肩膀。

「小姐，打擾您了。」蘭達斯鄭重地道歉。

雖然一看室內的淒慘情況，便能瞭解這個女孩的處境，但他假裝不知道，用和公主講話一般的語氣，恭恭敬敬地對莎拉說：「主人正在生病，如果弄丟了這隻猴子，他不知會怎樣難過呢！謝謝您了。」

再次向莎拉道謝後，他輕輕地跳上天窗，迅速地沿著剛才的路，回到自己的屋裡去了。

從這天以後，莎拉和蘭達斯成了朋友，經常隔著屋頂親切地打招呼、談天。

第18章

# 謎樣的女孩

自從認識了蘭達斯之後，莎拉更加關心隔壁人家的事了，經常一邊工作，一邊幻想著那位印度紳士的生活情形。

學校的舞蹈教室和紳士的房間恰巧僅隔著一道牆壁，她有些擔心學們上舞蹈課的時候，音樂聲和嘈雜的交談聲會攪擾到這位臥病中的紳士，由衷希望這道牆壁能夠再厚些，以加強隔音效果。

莎拉不斷地幻想著，不知不覺和鄰居紳士親密起來。

她喜歡「大家庭」裡的人，因爲他們看來是那麼幸福；她喜歡印度紳士，卻是因爲他看起來很不幸。

印度紳士的病似乎很嚴重，一直沒有什麼起色的樣子。據廚房裡的傭人們說，他並不是印度人，而是住在印度的英國人。據說，他因爲事業失意的關係而憂鬱成疾，曾經連性命都差點送掉。而且，他的事業是開採礦山。

「聽說，他開採的是金剛鑽礦山！」廚房的大師父說，眼睛斜瞄著莎拉。

「唉呀！開礦事業成敗是最靠不住的了，尤其是開採鑽石的礦山。這種基本的常識是誰都知道的嘛！」

「說的也是，如果隨便哪兒都能開出鑽石礦，世界上就沒有窮人了。」

女傭們連番嘲笑，有意諷刺莎拉的遭遇。

莎拉默默地聽著，一句話也沒有說，只是埋頭洗著盤子，心裡想：「那個人真可憐啊！原來，他的遭遇和爸爸一樣，而且也和爸爸一樣患了病。世界上怎麼會有這樣巧合的事情呢？不過，他比爸爸幸運點，沒有因此而喪失性命，可說是不幸中的大幸。」

從此以後，莎拉更加關注有關鄰居紳士的一切，每次出去辦事或買東西時，總要向隔壁的大門口和窗口看一看，希望能夠看一看這位在心靈世界中交往已久的朋友。然而，無論什麼時候，每次看見那位紳士，他總是躺在安樂椅上，憂鬱地沉思著，不管多好的天氣，從不到窗口來望望外面。他的意志十分消沉，虛弱得恐怕連書都不能看了。

看起來，他非但身體不好，還可能有非常煩惱的事情。

多麼不幸！上帝啊！請保佑他，讓他早日恢復健康吧！

莎拉時常默默爲他祈禱，有時會想：「爲什麼他總是顯得這樣憂愁呢？他損失的財產，應該已經賺回來了，病情也會漸漸好轉才對，爲什麼還老是那樣心事重重呢？我想，他一定有相當憂傷而且沒法解決的心事。」

有時，晚上出去辦事回來，如果四周沒有人，她便會停下腳步，小聲向窗子裡面說：「伯伯，晚安。祝您睡得安好。」

雖然他聽不見她的聲音，但是她相信，祝福的誠意，總會傳達到對方心裡。

「伯伯，您最近感覺好一點了嗎？心裡是不是溫暖了些？我每天都在外面爲您祈禱。我很同情您的處境，因爲我們同樣都是孤獨的人。」

看來，這位紳士可能也沒有親人，家裡全都是些傭人，至今只有「大家庭」的人來探望過他。

「大家庭」的人時常過來探訪，包括了莎拉在聖誕夜看見的那些女孩子。她喜歡「大家庭」的人，看得出來，這位紳士也很喜歡他們，每次見了可愛的孩子們，就好像能得到一點安慰。

「伯伯，從前我爸爸生病的時候，我總是在他身邊照顧他。現在如果我也能夠照顧伯伯的病，那該多好、請好好地睡吧！安安靜靜地睡到明天。」

莎拉在心中這樣說著，自己也得到了安慰。她覺得，被人安慰是一件很幸福的事情。主動安慰和愛護別人，更能令她感到喜悅。

默默關心著隔壁紳士的起居，每天的生活變得更有目的了。

這是非常寒冷的一天，天空下著雨。

「啊，姐姐！妳們快來看，那個『不是乞丐的小女孩』來啦！」

「大家庭」的男孩子今天和兩位姐姐一塊兒到印度紳士家裡來玩，他似乎難得來一次，相當興奮地跑到窗邊張望，不一會兒便大聲叫喊著說：「妳們快來看，她就在那兒！手上還提著大籃子呢！」

兩位少女立即離開了火爐，走到窗前來。沿著男孩手指著的方向望去，果然看到了莎拉。她大概剛從市場買完東西回來，手上提著大籃子，裡面裝著滿滿的青菜，撐著一把破傘，邁著沉重而緩慢的腳步。

「啊！她好可憐哪！看來好像很冷的樣子。」

少女們的目光中充滿了同情，「外面下著這麼大的雨，她既沒有外套，也沒有圍巾，真是太可憐了！」

小男孩得意地說：「所以我才給她錢嘛！下次，大家都幫幫她，好不好？」

「恐怕不太好吧！她不是乞丐呀！她是『不是乞丐的小女孩』。」

「你們在說誰呀？怎麼會有這樣長的名字呢？」坐在火爐旁邊的紳士很是好奇，微笑著向孩子問道。

紳士的名字，叫做加里斯福特。

小男孩立刻像兔子似的跑到他的身邊說：「伯伯，隔壁的學校裡，有一個『不是乞丐的小女孩』，她實在可憐極了！難道您不知道嗎？」

「我一點也不知道。你們把她的事情告訴我，好嗎？你爲什麼要那樣稱呼她呢？」加里斯福特先生很喜歡這些孩子，喜歡聽他們天真可愛的童語。

大姐回答說：「事情是這樣的。那個孩子其實並不是個乞丐，也許是學校裡的女傭，樣子卻可憐得跟小乞丐沒有差別。因爲我們不知道她叫什麼名字，所以就給她取了一個那樣長的名字。」

妹妹也插嘴說：「她每天都穿著破爛不堪的衣服，而且身體又那樣瘦弱。」

大姐又說：「我想，她可能連飯都吃不飽。可是，她說話時很有氣質，而且所說的話十分文雅，所以是『不是乞丐的小女孩』。」

加里斯福特先生微笑地點點頭：「原來如此。」

「有一次，我把零用錢給了那個女孩子。那時候，我還不知道她並不是乞丐……」接著，這個可愛的小男孩，便用天真爛漫的語調，繪聲繪影地描述了聖誕節前一晚發生的事情。

漸漸的，加里斯福特先生臉上，浮現出感動和同情。

「真是個不幸的孩子！有這麼一個孩子住在隔壁，我竟然一點也不知道。」

「伯伯，您搬到這兒來還沒有幾天嘛！」

「是啊！而且伯伯幾乎不出去，當然不會知道啊！」

「唉！我也希望我的病能夠早日康復，能夠到外面走走。我還希望將來能夠和你們的爸爸一起到各處去旅行。」

一提到旅行，加里斯福特先生似乎想起了什麼心事，表情忽然又恢復了平日憂鬱的樣子。

「是的」

「伯伯，我聽爸爸說過，您正在尋找一位女孩子，是不是？」

「爸爸就是因爲要找那個女孩子，所以才到巴黎去的，是嗎？」

「是呀！真希望他能儘快地找到那個女孩子，帶來好消息。」

加里斯福特先生越說越感到心情沉重，最後開始喃喃地自言自語。大姐看見這種情形，心想伯伯大概需要休息了，我們也應該告辭回去了，於是站了起來，輕輕地對弟弟妹妹說：「我們該回去了。」

加里斯福特先生愣了一下，抬起頭說：「沒關係，你們多玩一會兒，跟我談些有趣的事情，好不好？」

「天快黑了，我們明天再來。伯伯，您要多休息呀！」

「伯伯，請您保重。」

「伯伯，再見。」

孩子們一一告別以後，快活地回去了。

加里斯福特先生看著可愛的背影離去，當他們的影子完全消失之後，他又低下了頭，眼中充滿無限的苦惱。

到底是什麼樣的憂愁和煩悶，使他如此愁眉不展？

不久，他深深地歎了一口氣，「如果我尋找的女孩子，變得和那個小女孩一樣可憐……不，不！絕對不會的，那孩子一定還在巴黎讀書……真希望是這樣，只希望早日找到那孩子了。」

說著，他用雙手抱住自己的頭，很久很久都沒有動一下。

當天晚上，加裡斯福特先生對蘭達斯提起，從孩子們的口中，知道了關於隔壁那個小女傭的事情。

蘭達斯不覺挺起身子，恭敬地回答說：「是那個小女傭嗎？我早就知道了，我早就想報告的……」

接著，便將小猴子跑到隔壁去的情形述說了一遍。

「先生，那個女孩子處境十分淒慘，她住的房間簡直簡陋得不像話。起初我感覺奇怪，她怎麼能住在那種地方？牆壁灰皮脫落了，到處斑斑駁駁，這麼冷的天氣，火爐裡卻連一點火都沒有，床鋪像石頭般硬。而且，衣服永遠是那一件，根本沒有得換……」

加里斯福特先生聽了，心情變得很沉重，「她難道是個孤兒嗎？處境那樣淒涼，可是其他一般年紀的女孩子，卻都過著幸福愉快的生活，她一定很羨慕吧！這可真是一種罪惡。」

「不！先生，那孩子一點兒也不羨慕別人，一副坦然自若的樣子。更奇怪的是，她雖然住在那樣淒涼的地方，穿著破爛的衣服，動作和說話的風度卻非常高雅，簡直讓人懷疑是位沒落的貴族公主！」

「喔！剛才那些孩子也是這樣說。」

「這真是太不可思議了！她簡直像個使人費解的謎。您知道，我的英語說得不太好，經常覺得孤獨難受。每當我感到寂寞的時候，便會偷偷地爬到屋頂上，從天窗朝她的房間裡頭看，所以知道了她的許多事情。時常有一個胖胖的女學生去找她，還有一個小女孩也經常去，她會說些歷史故事或童話故事給她們聽，她講的故事實在好聽極了！那些孩子都聽得全神貫注，經常陶醉在故事裡面，連我都被吸引住。有時候，她還教她們做功課呢！」

「看來，這個女孩子很聰明。」

「在同一個閣樓的另一個房間裡，住著另一個小女傭，總是稱呼她爲『小姐』。從這點看起來，那個女孩也許從前並不是這樣子的。我想，她一定曾經是位相當有身份的小姐。」

「如果真是那樣，那就更可憐了。」

加里斯福特先生憂鬱地閉起了眼睛，大概是這些話又勾起了一直積在心中的那些煩悶苦惱。

蘭達斯不明白主人此刻的憂愁，繼續說道：「我時常去探望那個女孩子，希望能使她快樂。對了！那個女孩子喜歡編織許多美麗的幻想，並且把它們說給來找她玩的孩子們聽。雖然沒能聽清楚她們說些什麼，但是我知道，她的意思大概是說：房間裡面，如果如此如此該有多好。我想，若能實現她的幻想，將房間變得漂亮些，她不知會怎樣歡喜呢！」

這時，一陣敲門聲響起。

第19章

# 印度紳士的苦惱

來者正是「大家庭」的主人，卡麥克先生。

加里斯福特先生看見剛從巴黎回來的他，立即起身，迫切地問道：「卡麥克先生，有什麼消息嗎？」

「這個……」卡麥克先生疲倦的臉上，勉強擠出無力的微笑，在身旁的椅子中坐下，無奈地道：「實在非常遺憾，我們弄錯了。我在巴黎千方百計打聽，到處尋找，好不容易在郊外找到了那所學校，但是仔細調查的結果，原來不是她。父親的名字不同，而且境遇也完全不一樣。」

加里斯福特先生的臉上立刻顯現出極端失望的神情。

卡麥克先生見狀，安慰他說：「我不會輕易放棄的，請振作起來，不要太失望。況且我們還有許多地方可以尋找，我想到莫斯科去看看。我上次和你談過的，那個曾經在巴黎柏絲加爾夫人開辦的學校上學的女孩子，或許就是我們所要尋找的小姐。」

加裡斯福特先生聽到這建議，這才又抬起頭來說：「是不是那個被有錢的俄國人收養的女孩子？記得你說過，因爲她曾和俄國人死去的女兒很要好，所以才被收養。」

「是的。據柏絲加爾夫人說，她的名字叫卡爾，我想，說不定是發音弄錯了，畢竟，她的境遇與我們要找的那個女孩的境遇十分相似。聽說，她的父親也是位駐印度的英國軍官，沒有了母親後，寄養在學校裡接受教育，而且那位軍官，後來也是由於破產而死去的。」

聽到「破產」，加里斯福特先生忽然顯出非常痛苦的表情，握著椅子扶手的雙手，顫抖個不停。

卡麥克先生注意到這種情形，立刻停止說話，關切地看著他。蘭達斯也焦慮地望著他的主人。

過了好一會兒，加里斯福特先生的臉色才逐漸恢復正常。「大家庭」的主人卡麥克先生又接著說道：「我以前就覺得，那個女孩子很有可能就是我們要尋找的孩子，所以，我想到莫斯科去一趟。但是，有一件事我必須事先求證：那位小姐是不是真的在巴黎的學校讀過書？能確定是巴黎的學校嗎？」

加里斯福特先生無力地抬起頭來，「我不敢確定，我對她的情況實在知道得太少了。我沒見過她，也沒有見過她的母親。庫爾上尉和我從小一起長大，我們一直是最親密的朋友，但從離開學校後，便各奔前程，由於工作的關係，隔了十幾年之後，才在印度相遇。那時，我正把全副精力用在開採礦山的事業上，而他聽我提起，也熱衷於這件事情，於是便開始合作。我們都很忙碌，偶爾聚在一起，所談的也總是離不開事業。我所知道的，只是他的女兒寄養在一所學校，而且那也只是在一次談話中偶然提及的。如果那時候我能問清楚那個學校的名字就好了，唉！誰會料想到呢？後來竟發生那樣令人意外的不幸……」

「你爲什麼認爲是巴黎的學校呢？」

「因爲我知道，她已故的母親是法國人，而且庫爾上尉本人十分喜愛法國。我聽他說過，這女孩子的母親生前，很希望女兒能在巴黎接受教育。」

「這樣看起來，她在巴黎上學的可能性相當大。」

「是的。但是，我也只有這麼一個線索。」

「也許，剛才所說的那位女孩子，就是我們所要尋找的人。」卡麥克先生頗有自信地說。

加里斯福特先生突然精神一振，挺起身子來，興奮地說：「無論如何，我都必須找到那個女孩子。不管花費多大代價，我一定要找到她，使她幸福快樂。如果那孩子現在變得孤獨窮苦，完全是我的責任。我的事業已經成功，也獲得了意想不到的財富，可是，一想到也許那個孩子正流落街頭，在馬路上乞討……如果真是這樣……」

「不要想得太多，事情也許不是那麼糟。」

卡麥克先生安慰著他說：「只要我們找到她，你就能把財產出分一半，放下心頭的重擔。這並不是不可能的，請等我的好消息，安心靜養吧！」

「只要還有一口氣在，我就一定要找到她。即使必須找遍全世界，也要找到那個可憐的孩子，然後，我要盡我的全力，使她重新獲得幸福。若是不能做到，我會永遠愧疚不安的。卡麥克先生，這事就拜託你了！」

「好的，請你放心，我一定會盡全力去辦妥。再過兩三天，我便動身前去莫斯科，去找柏絲加爾夫人所說的那位俄國人。」

「儘快去吧！我多麼希望能夠和你一起去，但我的身體實在是太虛弱了，每天只能披著毛毯，坐在火爐邊，望著火焰發呆。我常常看見庫爾上尉在火焰裡面向我打招呼，看他的表情，似乎想要要向我說些什麼。啊！我還時常夢見他呢！在夢裡，他總是問我同一句話。你知道是什麼嗎？」

「是什麼呢？」

「他每次都這樣說：喂！加里斯福特，我的『小公主』到底在哪裡？他生前每次談起女兒，都會快活地稱呼她『小公主』。卡麥克先生……」加里斯福特先生說到這裡，握緊「大家庭」主人的手，「我必須回答他這個問題，請你一定幫我找到那個孩子，一切都拜託你了！」

同一時刻，隔壁的閣樓上，莎拉正抱著心愛的艾美寶寶，悲傷地自言自語說：「艾美寶寶，今天實在太難受了！下著這麼大的雨，而且還呼呼地刮著寒冷刺骨的北風，我全身幾乎都要凍僵了。告訴妳，我差一點就要失去了公主的風度，因爲拉碧雅故意在我正冷得難以忍受的時候跑來嘲笑我。當時，我感到非常生氣，忍不住就要回口罵她，還好，最後還是忍耐住了。可是，實在太難過了……今天晚上真的好冷喔！妳能忍受得了嗎？」

艾美只是默默地望著她，雙藍色的大眼睛似乎含有無限的悲淒。

莎拉再也忍受不了悲傷和孤獨，情不自禁地抱緊了它。

「啊！爸爸，那是多麼遙遠的事情啊！那時，我是爸爸的『小公主』，然而現在的莎拉……」

雨點輕輕敲在屋頂上、門窗上，發出一陣一陣單調的聲音，彷彿在替莎拉的悲哀發出歎息。

吹著寒風，下著冷雨的天氣一連持續了好幾天，街上總是籠罩著濃厚的霧，馬路上到處是泥濘和積水。

無論天候多麼惡劣，行走多麼不方便，莎拉和蓓琪還是照樣被廚師使喚著，從早到晚得上街來回好幾趟。

每次回來時，總是全身都濕透了，凍得直發抖。而且，往往還爲了一些小事，例如動作稍微慢了些，或者是沒有買到指定的東西，而挨廚師和其他人一頓責罵，甚至連飯都不准吃。

越是陰雨的天氣，廚師和那些女傭的情緒也就越暴躁，變本加厲地在這兩個小女孩的身上發洩怨氣。

晚上，蓓琪偷偷地跑到莎拉房間來，哭著向她說：「小姐，如果現在這兒沒有妳陪著我，沒有我們的幻想，隔壁牢房的囚犯、巴士底，以及妳給我的種種安慰，我根本就活不下去了。最近，這裡的情形越來越像巴士底了。明真校長、廚師和那些女傭，就跟世界上最冷酷無情的獄卒沒兩樣。」

「可是，我們必須忍受。妳很冷吧？我講些比較溫暖的故事給妳聽，好嗎？講那個印度紳士的小猴子的家鄉，熱帶森林的故事好不好？」

雖然莎拉這樣安慰著蓓琪，自己也因爲饑餓和寒冷，顫抖不已。

又是一個寒冷雨天的傍晚，天空竟然開始飄落起雪花。

走在泥濘的馬路上面，皮鞋總是陷進泥水中，幾乎寸步難行。斜斜吹來的冷風和雪花把莎拉淋得全身濕透，幾乎連骨頭都要被凍僵。只能緊抓住破傘的把柄，一步一步困難地往前走。

她穿著一身破布片似的衣服，一雙補了又補的襪子，還有前頭露著腳趾頭、後頭露著腳後跟的皮鞋，再加上被凍得蒼白的小臉。這副模樣，任誰看了都會覺得，實在太過淒慘可憐了！

世事多變，誰又能想像得到，她就是那位過去曾經被人尊稱爲「公主」的幸福少女呢？

身旁來來往往的路人，都向她投以同情的眼光。對此，莎拉似乎沒有感覺，儘管冷得顫抖，仍然拚命地幻想著美好的事物，爲的就是要使自己忘掉眼前一切令人難以忍受的痛苦。

在幻想中，她穿著一身乾爽的衣服，腳上穿著溫暖舒適的皮鞋、保暖的毛線襪子，外面還套著暖和的厚大衣，手裡撐的是一把嶄新而且可愛的雨傘。然後，她會幸運地發現路上有一枚五角銀幣，順手撿起來，去買幾個剛出爐的甜麵包，把肚子填得飽飽的。

一邊幻想著，一邊低著頭走路，忽然發現馬路旁的陰溝裡有個發亮的東西。伸手撿起來一看，竟是一枚銀幣！

雖然不是五毛錢，不要緊，一毛錢銀幣也很好啊！

「咦！我的幻想成真啦！」莎拉不覺驚奇起來，高興地想。可是，再仔細一看，又覺得這一毛錢像假的似的。

對面正好是一家麵包店，一位胖胖的太太正好把剛出爐的、鼓得大大的、看起來又香又甜的一大盤麵包拿出來，擺進櫥窗裡。

莎拉彷彿在夢裡一樣，又想：「這一毛錢一定是神賜給我的，可是，我還是必須問個明白，看看到底是誰掉的。」

莎拉走到麵包店門前，正要走上石階，突然又停下了腳步。原來，石階的旁邊，有個穿得比她還淒慘的少女乞丐，全身緊縮成一團，坐在那兒。

這個女孩子乍看簡直像一堆破布。她身上穿的衣服像是用五顏六色的破爛布條縫補的，全都淋得濕透了，和落湯雞沒兩樣。兩隻凍得又紅又腫的髒腳赤著，不停地顫抖。

再看她的頭髮，蓬亂得像一個鳥窩，有幾縷披散在前額上，雨水順著臉往下流。發亮的眼睛深深地陷了進去。

莎拉從來沒有看過模樣如此可憐的人，「真可憐！這個孩子和我一樣，但她只是個小女孩啊！」

她不知不覺走近，問道：「妳是不是餓著肚子呢？」

這個小乞丐抬起小腦袋，望了望莎拉。她從來沒有遇見過這樣溫柔對她講話的人，一時之間竟不知怎樣回答，使勁地嚥了一下唾沫後，才緩緩說道：「不但餓，而且餓得快要暈過去了。」

「中午沒吃飯嗎？」

「別說午飯，連早飯也沒吃。」

「妳已經多久沒有吃東西了？」

「從昨天晚上到現在。不管到哪裡，都討不到吃的，雖然我拚命地哀求……」

她一定比我還要餓十倍、二十倍，也許不止呢！莎拉心想。

「妳等一下。」她說著，走進麵包店裡。

店裡面很暖和，充滿著麵包的濃濃香味。莎拉聞到美妙的香味，覺得更餓了，幾乎就要當場暈過去。

她很努力地支撐著，禮貌地問那位胖太太說：「請問，妳知不知道是誰丟了這一毛錢？」

胖太太驚奇地看著莎拉的樣子和手上的銀幣，回答說：「喔！這兒並沒有人丟錢啊！是妳撿到的嗎？」

「是的，是在那邊的陰溝裡撿到的。」

「它可能已經掉在那兒很久了，根本就沒法子知道是誰丟的。既然是妳拾到的，沒有關係，妳可以用它。啊！妳真是個好孩子。是不是想買什麼？」

「我想買甜麵包。」

胖太太從櫥窗裡拿出六個甜麵包，把它們一起用紙袋子裝了起來。

「給我四個就夠了，我只有一毛錢。」莎拉說。

胖太太笑著說：「多的兩個是我送給妳的，拿去吃吧！是不是餓得很？」

「是的，非常餓……謝謝您！」

莎拉本想說，有一個孩子比我更饑餓，但門口恰巧又進來了幾個客人，便把這些話吞回了肚子裡。

第20章

# 神秘的訪客

冷得全身不住發抖的小乞丐，仍舊蜷縮在石階上。

莎拉從袋子裡拿出一個熱騰騰的甜麵包，送到她手中說：「請吃吧！這個麵包又熱又好吃，可以稍微塡一塡肚子。」

看見塞到手中的這個麵包，小乞丐反倒吃了一驚，先睜大眼睛望著莎拉發愣，緊接著，好像害怕麵包會消失似的，開始將它拚命地往嘴巴裡塞。

「啊！啊！真好吃，真好吃呀！」

她一邊吃一邊說，沙啞的聲音聽著使人難受。

莎拉看她吃完了一個，再給了她一個，緊接著又將第三個麵包遞給她。

小乞丐簡直像隻餓了許久的狗，只顧著吃。即將拿出第四個麵包的莎拉，手卻有點顫抖。

袋子裡現在只剩下兩個麵包了，而她自己的肚子也餓得難受，老實講，就算把這六個麵包全都吃了，也不一定能夠塡飽。

莎拉屏住氣息，望著小乞丐拚命吃麵包的情形，知道這孩子餓得太厲害了，心想：「如果再不吃點東西，她可能就要餓死了。和她比較起來，我還可以稍稍忍受一下。」於是，她把第四個麵包也遞過去。

嗯，就這樣吧！我只要一個便夠了。當公主的人，無論處境變得怎麼悽慘，只要見到比自己更可憐的人，就一定要施予援手。

想到這兒，莎拉下定決心，又把第五個麵包給了她，然後才快活地轉身離開。

小乞丐只顧低著頭吃著手裡的麵包，連一聲「謝謝」都沒有說。直到莎拉走到對面的街道上，回過頭來看她時，才感激地向莎拉點了點頭，手裡拿著只剩半塊的麵包，嘴裡塞著另外半塊。

這時，麵包店的胖太太正好從窗口往外望，看見了坐在台階上的小乞丐和她手中的麵包，不禁吃了一驚：「咦！難道那女孩子把麵包給乞丐吃了？她自己不是也餓得很可憐了？」

她站在窗子邊想了一會兒，開門走出來，在小乞丐面前站住問道：「妳手上的麵包是誰給妳的？」

小乞丐一句話也沒有說，默默指向莎拉的背影。

「果然是這樣。是妳向她要的嗎？」

小乞丐搖了搖頭，說：「我什麼都沒說，是那位姐姐走過來，問我肚子餓不餓的。」

「唔，妳告訴她自己肚子很餓，是不是？」

小乞丐點點頭。

「原來如此。那女孩子買了麵包出來，就給妳吃了，是不是？」

小乞丐又點了點頭。

「她給了妳幾個呢？」

「五個。」

「哎呀！」聽到這答案，胖太太吃驚地睜大了眼睛，喃喃說道：「這女孩這麼好啊！她竟然只留下一個麵包給自己！明明自己都已經餓成那個樣子……唉！真是個了不起的女孩子！」感慨地歎了一口氣，她望了一下小乞丐蒼白的臉龐，問道：「妳現在還覺得餓嗎？」

「老實說，我從來沒有飽過，不過今天已經比平常好多了。」

「跟我到這邊來。」

胖太太領著小乞丐走進店鋪裡面，指著火爐旁邊的一張椅子，對她說：「妳就坐在那兒吧！靠著火爐暖暖身子，我再拿幾個麵包給妳吃。以後如果在街上討不到吃的東西，就到我這裡來吧！看在那個好心腸的女孩子份上，不論什麼時候，我都會拿麵包給妳吃的。」

說罷，她在心裡對自己說：「那個女孩子的心地那麼善良，我呢，至少也該做點好事才行，不然的話，實在太對不起上帝了。」

走在街上的莎拉用最後一個麵包稍微安慰了自己一下，雖然只剩一個，有得吃總比沒有好得多了。

此刻，行人已經很稀少了，她一邊走路，一邊把麵包撕成一小塊一小塊，再一點一點送進嘴裡慢慢地咀嚼，希望能將這種樂趣儘量地延長。

「如果這是個魔術麵包，只要吃一口便能吃飽的話，那該多好！這樣的話，一下子就把它全吃下去，反而會脹破肚皮呢！」

雖然這樣幻想著，但這畢竟只是一個小麵包，沒有多久就吃完了，卻連一點飽的感受也沒有。

不過，莎拉心中卻充滿了快樂，因爲她幫助了一個可憐的小乞丐。她對自己說：「這樣做很好。今天，我並沒有向饑餓與痛苦屈服，保持了公主的風度。犧牲自己，去幫助需要幫助的人，這是多麼大的快樂呀！」

寒冷的雨雪依然無情地撒落在身上，心裡卻覺得無比快活。

莎拉不知道，就在這時，她的房間裡發生了一件奇怪的事情。這事，只有老鼠美兒琪曉得……

當時，美兒琪剛從牆角的洞口裡爬出來，跑在地板上到處尋尋覓覓，希望能發現一點碎麵包。

忽然，牠聽見屋頂上傳來「卡達卡達」的聲音，而且越來越大聲。一會兒之後，天窗被輕輕地推開了，一個黑色的腦袋伸了進來，向室內直張望。接著，又有一張臉出現在這個人背後。

原來，偷偷進入室內的這兩個人，黑臉的是蘭達斯，另外一個則是加里斯福特先生的私人秘書。

美兒琪當然不認識他們，一見陌生人從窗口爬了進來，嚇得慌慌張張地跑回自己的洞裡去了。牠趴在洞口邊，睜大著閃亮的小眼睛，仔細觀察兩名不速之客的一舉一動，想知道他們要搞什麼鬼。

年輕的秘書看見美兒琪跑進洞口，便問蘭達斯說：「這裡還有老鼠嗎？」

「是的，牆壁的洞裡住著許多老鼠。」

「那孩子不怕牠們嗎？」

蘭達斯笑著說：「這孩子很奇怪，她能和許多小動物做朋友。她又善良，又聰明，連附近的麻雀和老鼠都很聽她的話！」

「你對她的事情倒知道得很詳細啊！」

「關於她的生活情形，我幾乎全部都曉得，包括她什麼時候出去、什麼時候回來，甚至受寒了，或者是挨餓了。我還知道，她時常讀書讀到深夜。有時候我知道她病倒了，還真希望能夠過來照顧一下。」

秘書忽然開始注意著四周的動靜，嘴裡說著：「可是，我們到這兒來，會不會被人發現？那孩子會不會突然回來呢？如果被人察覺，我們主人的苦心計劃，豈不是成了泡影？」

「請放心，這個時候絕不會有人闖進閣樓上來。那孩子剛才正提著大籃子到市場去了，我估計不會那麼快就回來。這樣吧！爲了預防萬一，讓我站在門口看著好了。只要有人上樓梯，我立刻通知你。」

「好吧！你小心留意。」

秘書說罷，踮著腳輕輕地在室內繞了一圈，很快的便把所有的傢俱擺設統統記在手上的筆記簿上。

他看了看石頭似的硬床鋪、以及破破爛爛的毯子、沒有生火的火爐，不禁皺了皺眉頭，然後把手中的筆記簿小心地放進衣袋裡，問說：「到底是誰想到，要做這種奇妙的事呢？」

「是我建議的。我很喜歡那個女孩子，因爲我們有著同樣的境遇。她時常爲偷偷上來看望她的朋友們講自己幻想的故事，說得最多的，就是如何使這個房間變得美麗舒適些，我想，這是她最大的願望。於是，我把這件事告訴我們的主人，主人便說，那我們就幫助她，實現她的幻想，設法使那個可憐的女孩子過著快樂的生活吧！」

秘書說：「原來如此。不過，你能保證在她睡著的時候，把一切辦妥嗎？如果把她驚醒了，該怎麼辦？」

「不會的。別忘了！我有飛簷走壁的本領，走路時可以一點聲音也不會發出來。而且，孩子們白天無論怎樣不幸，晚上睡著了，總是睡得很熟的。只要我想，不論什麼時候都可以進來，絕對不會驚醒她。若能有人在窗外幫忙遞東西，我保證把一切都辦得妥當。好啦！我們可以回去了。」

兩人又輕輕地爬出天窗，越過房頂，回到自己的屋裡去了。

見到陌生人走了，美兒琪又匆匆地從洞裡跑出來，到處尋找，想看看他們有沒有遺留下能吃的食物。

第21章

# 閣樓上的聲響

從市場回來，雨勢雖已停住，天色也暗了。

「大家庭」的門窗仍然開著，莎拉能從外面看見室內的情形。平常，父親會坐在椅子上，孩子們在他的四周玩耍，但是，今天有些異樣。主人好像是要出門去旅行，正和所有人親吻道別，大門口有一輛馬車等候著。

這麼寒冷的天氣裡，他要到哪兒去呢？

大門突然打開，莎拉立刻想起上次被誤認爲乞丐的事，急忙走開，不過，還是聽到了他們的談話。

「莫斯科現在正是冰天雪地吧？」

「爸爸，去到那裡，您會不會坐雪橇？」

「這些事情，我會寫信告訴你們，我還會搜集些照片寄回來。好了，趕快進去吧！外面天氣太冷，當心著涼了。其實，爸爸一點也不想去莫斯科，寧可在家裡和大家一塊兒談談笑笑呢！可是，我必須去那裡辦件事。」

說著，孩子們的父親坐上了馬車。

「爸爸再見！祝您旅途平安！如果找到了那個女孩子，請您代我問好！」可愛的小男孩站在門檻邊，大聲地喊著。

莎拉邊走邊想：「原來，他們的爸爸是爲了找一個女孩子，才必須到遙遠的莫斯科去。不知他要找什麼樣的女孩子？」

接著便走到學校隔壁那幢房子的門前，蘭達斯正放下門窗的閘板。她從閘板的隙縫往裡面看了一下，室內的情形和以往一樣，沒有什麼變化，火爐裡的火熊熊燃燒著，印度紳士依然垂頭喪氣地坐在安樂椅上。

莎拉心裡想著：「這位先生的樣子看起來真是可憐。不知道他究竟爲了什麼事，一直在煩惱？」

這時，紳士心裡正在想著：「萬一卡麥克到莫斯科去，發現那個被收養的女孩子並不是我要尋找的人，又該怎麼辦呢？」

但是，莎拉不曉得他的心事。這位紳士，還有那「大家庭」的主人，他們正焦急地尋找著的這位少女，究竟是誰呢？對此，她一無所知。

「伯伯，請您好好地休息吧！」莎拉小聲地說著，然後快步從學校的後門走了回去。

廚師見了莎拉，立即瞪起眼睛，惡狠狠地斥喝道：「妳上哪兒閒逛去了？怎麼到這個時候才回來？」

「對不起！外頭下著雨，路上很泥濘，十分難走。」莎拉向他道歉。

「別擺出一副千金小姐的架子，妳以爲我不知道這兒到市場有多遠？」

面對廚師粗暴的刁難，她咬著嘴唇，低著頭不講話了。

「只不過叫妳出去做點事，老是磨磨蹭蹭的。咦？怎麼籃子裡的東西全濕了？看看妳這個不中用的東西！在外頭玩到了這時候才回來，以爲還會有東西留著等妳回來吃，是不是？」

「可是，今天我連午飯都還沒有吃呢！」

「別囉嗦了！要吃，妳自己到廚房裡去找吧！」

莎拉到廚房，打開櫥櫃一看，裡面只剩下一小片硬麵包。用一大杯水泡了這小片硬麵包，那水冷得像冰，吃完之後，肚子似乎都要給冰壞了。

拖著疲倦又被雨淋得濕透的身體，她開始爬又長又高的樓梯。

樓梯彷彿永遠都爬不完似的，雙腿則像鉛一樣沉重，那雙被雨水浸透了的破鞋，簡直重得讓人抬不起腳來。

莎拉剛爬了幾階樓梯，便得停下來休息。呼吸又粗又重，感覺有些暈眩，整個人幾乎要倒下去，只得掙扎著鼓起精神，用手抓住樓梯的欄杆，喘著氣，一步一步慢慢地繼續往上爬。

她在心裡默默地對爸爸說：「爸爸，莎拉一定會履行對您的諾言。無論遇到怎樣的辛酸和苦難，都要堅持下去。爸爸，就像現在，雖然這般難受，但我一定會咬緊牙關忍耐的。爸爸，您正在天上看著我吧！看到莎拉是如何掙扎，是怎樣努力去實現諾言了嗎？請您保佑我，讓您的莎拉始終是個好孩子。」

可憐的莎拉呀！如果父母在天之靈看到他們的女兒落得饑寒交迫，將會是怎樣的心情呢？莎拉，一定要堅強！不要輸給任何阻礙和苦難！勇敢而正直的人，會得到上帝保佑的。他們一定會含著眼淚，這樣對她說。

爬到樓梯盡頭，莎拉臉上忽然浮現出快活的神情，因爲她看見房間的門縫漏出一道燈光。一定是艾美來了！只要看見胖嘟嘟的艾美用一條紅色的大圍巾蒙著頭頸的樣子，心裡立刻會覺得溫暖許多。

看見莎拉進來，艾美長吁了一口氣，放心地說：「莎拉小姐，妳回來了！我等妳很久了，美兒琪老是跑到我的身邊來，還不斷用牠的鼻子四處亂聞，我怎樣趕牠，牠都不走，我真怕。」

「美兒琪是不會傷人的，放心好了。」

莎拉無力地坐在板凳上。

「莎拉小姐，妳是不是感到很疲倦？妳的臉色很不好。」

「是的，我疲倦極了。」莎拉無精打采地回答，接著又說：「咦！美兒琪還在這兒呢！可憐的小東西，大概又要來尋找晚餐了。可是，今天我實在什麼也沒有，回去告訴你太太說，我的口袋裡什麼也沒有吧！今天太累了，所以把你們的晚餐也給忘記了，抱歉。」

美兒琪似乎聽懂了她的意思，雖然好像很不樂意的樣子，但至少明白了，只得無精打采地爬回洞裡去。

「莎拉小姐，妳的衣服全都濕透了，趕快脫下來吧！先把毯子披在身上，讓身體暖和一下。」

「好的，我這就把它們脫下來，然後我們再來談。」莎拉依言把毯子披在身上，然後和艾美並肩坐在床邊。

「那麼，我們接著講上次的法國革命故事，好不好？」

「好，好極了。妳講的故事我都記住了，爸爸要是知道了，一定會感到吃驚！而且會很高興呢！」

莎拉開始講起血腥的法國大革命的故事。艾美聽得很入迷，有時瞪大了眼，有時摒住了呼吸，有時覺得十分害怕，有時又感到非常有趣。

莎拉一邊講故事，一邊忍受著肚裡的饑餓，有時幾乎要暈過去。她真擔心艾美回去以後，自己會不會餓得無法入眠。

頭腦一向不太靈活的艾美，今天卻感覺出出莎拉的異樣。她忍不住說：「以前我非常羨慕妳，希望能變得像妳那樣瘦，但是今天看來，妳比以往更消瘦了，眼睛也比過去大了許多。」

莎拉假裝毫不在意的樣子道：「我從小就很瘦，而且，我本來就有一雙綠色的大眼睛嘛！」

「我喜歡妳這雙奇異的眼睛，妳的眼睛，好像總是在凝視著某個遙遠的地方，實在太吸引人了。那碧綠的顏色，如最好的綠翡翠一樣，真漂亮！而且，有時候看來是黑色的！」

「是啊！這是貓眼睛。」莎拉無力地笑了笑，「如果真的能像貓的眼睛那樣，在漆黑的夜裡也能看東西的話，一定很有趣。」

這時，天窗外面響起了一陣輕微的聲音，一張黑臉晃了一下便消失了。

「咦！剛才的那個聲音，不像是美兒琪弄出來的，好像是有什麼東西在屋頂上擦過去似的。」

莎拉感覺奇怪，艾美畏怯地說：「是什麼東西？難道會是小偷嗎？」

「不可能！我這兒根本沒有什麼東西值得偷的。」

這時，忽然又傳來一個巨大的響聲，兩人都吃了一驚。

這次，是明真校長在樓梯底下狂叫！

莎拉趕緊從床上跳下來，迅速地將燈吹熄。

艾美用顫抖的聲音問道：「是明真校長嗎？」

「是的，她好像正在責備蓓琪。」

「她會不會到這裡來？」

「大概不會，她也許以爲我睡著了，不過，我們不能出聲。」

兩人都緊張地摒住了呼吸。明真校長從來沒有上來過閣樓，但是，今天晚上她似乎很生氣，說不定一氣之下會跑上來呢！

兩人留心聽著，明真校長就在樓梯旁邊，扯著尖銳的嗓子責罵蓓琪：「妳撒謊！廚師告訴我說，點心確實是少了，這種事已經不是第一次發生了。」

「不是我……我雖然肚子餓，但是絕不會……」

「閉嘴！妳竟然還敢狡辯！厚臉皮的臭丫頭，偷吃東西不打緊，竟然還把肉包子偷吃了一半多。真是豈有此理！」

那些肉包子，是明真校長預備留著晚上當點心吃的。

「我絕對沒有吃。我如果要吃的話，一定會把它統統吃掉的！相信我，我真的連碰都沒有碰一下。」

明真校長冷不防狠狠地往蓓琪的臉上揮出一巴掌，發出「啪」的一聲很響亮的聲音。「哼！還撒謊！這次暫且饒過妳，滾回去睡覺！」

接著又傳來「咕嚕」的一聲，一定是蓓琪被推倒在地板上發出來的，明真校長怒氣沖沖的腳步聲漸漸離去。

莎拉在黑暗的房間裡憤怒地咬緊了牙關，等校長的腳步聲消失後，她悲傷地說：「他們實在太欺負人了！廚師自己偷吃了點心，就誣賴是蓓琪幹的。蓓琪是個好孩子，我相信她！她絕不會偷吃東西。那孩子餓得難受時，便在垃圾箱裡撿東西吃……」說到這兒，終於再也忍耐不住，突然抱頭痛哭起來。

莎拉也會哭呀？艾美愣了愣，似乎一下子明白了一些剛才沒有留意到的事。也許……她連忙跳下床，摸索到小燭台，點燃了蠟燭，然後望著莎拉說：「莎拉小姐，也許妳不想告訴我，但我還是想冒昧地問妳一句。莎拉小姐，妳自己是不是也正餓著肚子呢？」

「是的，不瞞妳說，我現在真是餓極了，餓得幾乎沒有一點力氣。我剛才想到蓓琪的情況，更加感到難過，那孩子比我更餓呢！我本來不願意讓妳知道，所以拚命堅持著，彷彿什麼事也沒有。因為，如果讓妳知道了，我會覺得自己好像真的變成了乞丐，雖然事實上早就沒什麼兩樣了……」

「沒有的事，妳千萬不要這樣想。妳只不過是衣服破一點罷了，但是面貌和儀態仍然很高貴，怎麼能說自己是乞丐呢？」

「可是，我曾經被一個小男孩誤認爲是個乞丐，他非常善良，還施捨了五毛錢給我呢！」

莎拉一邊苦笑著，一邊從脖子上拉出一條細小的紅線，「妳看，就是這五毛錢。因爲我的樣子實在太像乞丐，所以那位小弟弟把他耶誕節的零用錢送給了我。」

「哇！」艾美也笑了，問道：「那個小弟弟是誰呀？」

「就是『大家庭』的孩子。他很小，卻是個非常可愛又仁慈的男孩子。他用又白又胖的小手，把這個五毛錢的銀幣送給了我。」

「啊！對了！」艾美突然叫了起來，彷彿想起了一件至關重要的事。

第22章

# 夜晚的秘密宴會

「莎拉小姐，我真糊塗，竟然把那件事情忘了！」

「什麼事情？」

「剛才我媽媽派人送來一大籃子的食物，那時因爲肚子不餓，就沒有吃它們。我稍微看了一下，裡面有肉餅、果醬、甜麵包、蛋糕，還有葡萄酒，唉！怎麼會忘記了呢？我現在就下去把那一籃拿上來，我們一塊兒在這裡吃吧！」

聽到那麼多好吃的食物，莎拉又是餓得一陣暈眩，但是有些擔心，「假如被別人看見了，那可怎麼辦？」

「沒關係的，大家可能都已經睡著了。我會小心，不會讓任何人發覺的，妳放心好了。」

兩個人高興地握了握手，然後莎拉若有所思地眨了眨眼睛，對艾美說道：「艾美，我們可以幻想在這裡舉行一個盛大的宴會。還有，我們也招待一下隔壁的囚犯，好不好？」

「好，妳快去請她過來。」

走到牆邊，莎拉用拳頭在牆上輕輕地敲了四下，然後回過頭向艾美解釋說：「敲四下的意思就是說：『朋友，請妳由秘密通道過來，有事奉告』。」

接著，從牆壁的那邊，傳來輕敲了五下的聲音。

「她馬上就過來。」

不一會兒，哭腫眼睛的蓓琪推門進來，看見艾美也在房間裡，不好意思地擦了擦臉上的淚痕。

「蓓琪，不要傷心了，這沒有什麼關係。」艾美溫柔地對她說。

「蓓琪，艾美小姐待會要拿食物來招待我們呢！她馬上就要去拿一籃子很好吃的東西來。」

「什麼好東西？我也能吃嗎？」蓓琪眨了眨亮晶晶的眼睛。

「當然能吃。我們馬上就要開宴會了，妳可是貴賓之一呢！」

「妳想吃多少就吃多少。那麼，我這就去了，請兩位稍等片刻。」

因為過於匆忙，艾美把紅色的大圍巾遺落在了門邊。大家都高興極了，又有點兒緊張，誰也沒有留意到。

「小姐，妳真好。我想，是小姐向她要求讓我參加的吧？我高興得眼淚都要掉下來了。」蓓琪眼裡落下大滴的淚水來。

莎拉默默地回想今天發生的一切，心裡思索著，在辛酸的一天過去之後，忽然發生這樣愉快的事情，實在是奇妙極了！她有種預感，似乎一切就要改變了，好人終歸不會長久寂寞。

想著想著，不由輕輕地拍了拍蓓琪的肩膀說：「蓓琪，不要難過了。我們一起把這張桌子佈置一下，好嗎？」

「佈置桌子？拿什麼東西來佈置呢？」蓓琪覺得有些莫名其妙。

莎拉望了望四周，自己也好笑起來，屋子裡根本連一條桌布都沒有。但再一轉眼，發現了掉在門邊的紅圍巾，就把它拾起來，鋪在桌子上。

紅色使人產生溫暖的感覺，是一種能撫慰心靈的顏色。在破舊的小桌子上鋪著紅色的圍巾，往屋子中間一放，房間頓時有了生氣。

「要是地板也鋪上紅色地毯，那是最好不過的了。我們就想像地上是鋪著地毯吧！」莎拉把眼光轉到地板上，似乎那兒真的出現了紅色地毯。

「它是多麼厚呀，摸起來既柔軟又舒適！」她笑了笑，就像真踩著極爲柔軟的東西似的，將雙腳輕輕地放下。

「嗯！這塊地毯十分柔軟。」蓓琪也煞有介事地說。

「現在再做些什麼呢？只要靜靜地想，就可以想出許多事，魔術之神將會教我們怎樣做。」

過了一會兒，莎拉忽然快活地站了起來，笑著說：「對啦！我把從前那個小皮箱打開來看看吧！」

在小皮箱裡，她找到一個小盒子，裡面原來還有一打小手帕。於是把它們都疊成餐巾的樣子，整整齊齊地擺在桌子上，並特意把花邊疊在外面。

接著，她又在小皮箱裡找到一頂舊的草帽兒，便將帽子上的幾朵假花摘了下來，擺在桌子的中央。

「妳聞聞，這些花正散發著芳香呢！」

她又找出一些紅的白的皺紋紙，把它們疊成盤子，再以剩下的花和紙，把小燭台裝飾了一番。

轉瞬間，桌子被裝飾得十分雅致。

「哇！真是漂亮！」蓓琪睜大了眼睛，感歎不已。

艾美輕輕地走下樓梯，放眼一望，嗯！果然，大家都已經睡著了，但她仍然非常小心，躡手躡腳地走進自己的房間。

同房的少女們都睡得很熟，她用手摸索到放在桌子上裝著食物的籃子，提起來，輕輕地走出去。

向走廊張望了一下，確定靜悄悄的，空無一人，這才放心地吐了一口氣，輕輕地爬上樓梯。

豈知，就在這個時候，樓梯旁的房門微微地開了，一張白色的臉偷偷地伸出來張望，正是拉碧雅。她留意地聽著上樓梯的輕微腳步聲，藉著走廊裡昏暗的燈光，看見了手提籃子的艾美。

小心翼翼地提著大籃子的艾美，一心一意只顧往莎拉那兒去，一點兒都沒有察覺自己被人跟蹤了。

「誰都沒有看見我。不過，這些東西實在太重了，有幾次差點就掉下去。」走進閣樓房間，她不住地喘著氣。

看見桌子上的佈置，她隨即高興地說：「哇！真漂亮！簡直就像是古代的宴會嘛！莎拉小姐真行，什麼都行。」

「不錯吧?這些東西都是從舊皮箱裡找出來的。我向魔術之神請示，他就告訴我，打開那個舊皮箱。」莎拉笑著說道：「現在，讓我們把美味的食品全都擺出來吧！」

三人從籃子裡把精美的糖果、好吃的肉餅和一大瓶葡萄酒等東西統統拿出來，擺在桌上。舊桌子頓時大放光采，好像真的在開盛大的慶祝會似的。

「彷彿貴族的夜宴！」艾美高興地說。

「嗯，簡直像女王的餐桌。」蓓琪讚歎著。

莎拉似乎又想到了什麼事情，將散亂在地上的紙屑收拾起來，丟進火爐裡，然後點上了火，「這樣一來，不就明亮而且溫暖些了嗎？趁著火尚未熄滅前，趕快就席用餐吧！」

三個人興高彩烈地圍著桌子，但是椅子只有一把，莎拉和艾美不得不坐在床鋪邊上。

她們都覺得，從來沒有過這麼快樂的聚餐。尤其是蓓琪，做夢都沒有想到，自己也有參加豪華的餐會的一天。

「請吧！」艾美說著，拿起了果醬。

莎拉和蓓琪也分別拿起了肉餅。

這時，突然有一種怪異的聲音傳入耳中，把三個人嚇得差點兒跳起來。似乎有一個人踏著重重的腳步，沿著樓梯走上來了。

「啊！糟了，一定是明真校長。」

蓓琪一聽，嚇得全身發抖，手中的肉餅掉在地上。

「我們被發覺了！」

「那……該怎麼辦？」

正當她們驚慌失措的同時，重重的腳步聲已經越來越近，轉眼便走上了樓梯，在門外停住。

房門被推開，明真校長憤怒的臉孔映入眼中。

三個人不約而同地摒住氣，慌張地站了起來。

「這到底是怎麼回事？拉碧雅說的果然一點兒也不錯！妳們這些丫頭，簡直是膽大包天！」

告密者正是拉碧雅。看見艾美走上閣樓後，她立即去向明真校長打小報告。

明真校長惡狠狠地湊近，冷不防又猛力給了蓓琪一巴掌。

「哼！妳這隻小野貓，剛才罵了妳半天，還不知趣，現在又到這裡來鬼混！當心我把妳趕出去！」

可憐的蓓琪被打得踉踉蹌蹌，向後退了好幾步，跪在地上哭著說：「請……請您原諒，請您饒了我吧……」

「閉嘴！趕快回到自己房裡去！莎拉，這一定又是妳想出來的鬼主意吧？貪嘴的丫頭，自己想吃還不算，還教唆艾美把吃的東西也找了來！」

明真校長一邊說，一邊用氣得發抖的手猛一揮，把桌子上所有的東西統統都掃到了地上去。

「我要好好懲罰妳，明天一整天都不准吃東西！」

莎拉默默無語，兩隻眼睛望著校長的臉。

「校長，請您原諒我們吧！都是我不對，是我建議玩這個開宴會的遊戲，這不關莎拉小姐的事。」艾美說。

「閉嘴！我沒有要妳說話！」

明真校長大喝一聲，又朝莎拉接著罵：「妳瞪著我看幹什麼？難道妳不覺得自己做錯了事嗎？還不趕快跟我認錯道歉！」

莎拉還是默默地看著她，一聲也不吭。

校長又氣又惱，最後惱羞成怒地說：「好！妳不道歉，那咱們等著瞧吧！明天我一定會嚴厲地處罰妳。艾美，還不趕快收拾東西跟我回去！」

她把裝滿食物的籃子一下放在艾美面前，叫她提著，然後拉著她，重重地走下樓去。

莎拉像化石般站了許久，美麗的夢完全破滅消失，火爐裡的紙屑都已燒成黑色的灰燼，桌子上的裝飾散落一地。

宴會被打散了，客人也沒有了，有的只是巴士底監獄和囚犯。

無力地倒在床板上，她再也支撐不住，一點兒力氣也沒有了。

「如果，火爐裡生著炭火該有多好！如果火爐前面，有一張鋪有漂亮桌布的餐桌，桌子上擺滿了熱騰騰而且又好吃的食物，該有多好！還有，如果床鋪是柔軟的彈簧床，上面放著又厚又軟的被子和枕頭，又該有多好……啊！如果這不是幻想，而是真的，那真不知會有多麼好呢！」

她喃喃自語，躲在冷冰冰、硬梆梆的床鋪上。如果能做一個這樣的美夢，也不錯呀！不知不覺間，眼睛輕輕地合攏，進入了夢鄉。

窗外，一個黑影悄悄地離開。

原本陰鬱的天空，此刻已是繁星滿天。

# 第23章

# 美夢成真

莎拉不知道自己睡了多久，朦朧中，似乎聽見「叭達」的一聲，必想大概是風吹動天窗發出的聲音吧！便不去理會，繼續睡下去。

翻了個身，卻忽然有一種很奇妙的感覺，冷且硬的床鋪似乎不一樣了，變得非常舒服，溫暖又柔軟。

用手摸了摸，彷彿摸到又厚又軟的毛毯，上面似乎還有一個帳子，以及輕柔厚密的羽絨被。

我是在做夢嗎？這是個好夢，最好不要醒。

莎拉緊閉著眼睛，深怕一睜開眼，一切都會消失。

如此過不了多久，她竟聽見木炭燃燒時所發生的爆裂聲，這下子可忍不住了，驚訝地緩緩睜開了滿是疑惑的眼睛。

她醒了，可以爲自己還在夢中。

天還沒亮，而眼前的景象，簡直就和臨睡之前幻想的一模一樣！暖爐裡面正燃燒著熊熊的炭火。

爐子上面有個小水壺，裡面正燒著滾熱的茶。地板上鋪著紅色的絨毯，上頭有一張沙發椅，椅子旁邊擺著一張鋪著白桌巾的小桌子，桌上陳列著飯碗、小盤子、茶壺和湯匙，以及蓋著紗罩的幾盤菜。

「我是在做夢嗎？」

她猛地從床上跳了起來，用力揉了揉眼睛。

眼前這些東西沒有消失，不但如此，還出現了更多。

向周圍看去，她發現床上鋪著一條大花羽毛被子，床鋪底下還放著漂亮的睡衣、綿衣和繡花的拖鞋，此外另有幾條華麗的毛毯。舊桌子上面，擺著許多裝訂得很精美的書籍和一個粉紅色的檯燈。

莎拉覺得有點莫名其妙，彷彿來到了魔術的世界。

舒適的傢俱真真切切地就在眼前，也許不是夢。這究竟是怎麼一回事呢？是不是魔術師來過了？

走到暖爐前面，伸出手去烤了烤，火焰燙手。

「這是真的火呢！」

摸了摸桌子、盤子和地毯等，一切都是真的啊！

莎拉又把床鋪下面的綿衣和毯子拿起來，緊緊地抱在懷裡。

「這些也都是真的！多麼溫暖，多麼柔軟啊！」

不管是不是魔術，這樣美好的禮物，怎麼能不接受呢？

她立刻穿上綿衣和拖鞋，驚喜地走近舊桌子，拿起最上面的一本書，打開，正好看見第一頁上面寫著：這一切，贈送給住在閣樓的少女。妳的友人上。

「啊……」原來，這些美好的禮物，不是幻夢，也不是魔術，而是有人因爲憐憫她的悲慘處境，暗中幫助她的呀！

啊！我是多麼高興呀！雖然現在並不知道是哪一位贈送的，但是我知道了，有人在關心我。我又有了一位關心自己的好心朋友！

眼淚順著消瘦的兩頰流下來。這一年以來，她最渴望的就是人情的溫暖，現在遭遇這件出乎意料的事，怎麼能夠不感動？

莎拉完全沉醉在歡喜和感激的情緒裡。過了一會兒，她擦乾了眼淚，到隔壁房間去叫醒蓓琪。

蓓琪睡得很熟，臉上還留著淚痕。

被推醒後，她睜開眼睛，看見面前的情景，還以爲自己仍在做夢呢！

此時站在她面前的莎拉，身上穿著美麗的衣服，宛如從前的小公主。

「啊！小姐……」

「蓓琪，還有使妳更吃驚的事呢！趕快到我房裡來！」

蓓琪莫名其妙地跟在莎拉的身後，踏進隔壁的房間時，不禁被突如其來的一切給嚇呆，幾乎昏眩。

「喔！小姐……」只說了這麼一句，然後便說不出別的話了。

莎拉高興地微笑說：「蓓琪，妳吃驚嗎？我當時也是吃了一驚。好像做了一場夢，但是這並不是夢，完全是真實的。每一樣東西，我都用手摸過了。我在想，在我睡著的時候，一定有一個魔術師來過了。這真是位有副好心腸的魔術師啊！」

說著，眼淚又要流出來了，只得強忍著，拉著猛眨眼睛、驚奇得說不出話來的蓓琪，到暖爐旁邊去。

「妳看，這爐火很熱呢！這些菜餚也都是真的，我們快來享用吧！啊！味道真香！」莎拉的眼睛閃現出明亮的光芒。

蓓琪看見豐盛可口的食物，頓時按捺不住了。

「小姐，我們快吃吧！如果不趕快吃掉，它們說不定就會消失了呢！」

「不會的，妳放心吧！」莎拉笑著安慰。

倒了一杯熱茶，只有一個茶杯，兩人輪流著喝。

「啊！這茶實在太香了。」

此刻她們已經徹底地忘卻了饑餓與寒冷，只覺十分快活。

「小姐，上一次宴會雖然被明真校長給破壞掉了，可是這次的宴會不同，我們可以好好地享受一下。地毯和暖爐裡的火全都是真實的，不是幻想。」

「可不是嗎？」

濃湯的味道十分鮮美，好喝極了！三明治也很好吃，冷盤火腿和餅乾更是非常可口。莎拉不知有多久沒有吃過這樣豐盛而且美味的食物了，幾乎又要掉下眼淚來。蓓琪也忘掉了一切，只顧著吃喝，沒辦法，她們實在都餓壞了！

一會兒，兩人都吃得飽飽的，蓓琪這才鬆了一口氣，看了看四周說：「小姐，妳知道到底是誰給了我們這些好吃好喝的東西嗎？」

「我不知道。不過，我相信，一定有人暗中關心著我們，他一定是我們的知心朋友。」

「可是，這不是很奇怪嗎？小姐，在妳睡覺的時候，他從什麼地方把這麼多的東西搬進來的呢？」

「這些事情，先不要去管它，只要相信有個善良的魔術師想使我們幸福快樂，如此便夠了。」

蓓琪看了看室內的情形，說道：「是的，小姐，我絕不會忘記的。即使到了天亮，這些東西都消失不見了，我依然相信，我們確實在這兒舉行了愉快的聚餐。」拍了拍自己的肚子，她繼續說：「這裡面飽飽的，裝了許多湯、三明治、火腿和餅乾，這些都是千真萬確的事實。」

看著蓓琪快樂的模樣，莎拉忽然禁不住笑了出來：「是的，那是千真萬確的，所有的這一切也都是真實的。」

不久，蓓琪準備回自己的房間去，莎拉說：「蓓琪，妳等一等。」走到床邊，取了一條厚厚的毛毯，「這個給妳，拿去用吧！蓋著它，睡覺一定會很暖和的。」

「小姐，這條毛毯是要送給我嗎？」

見莎拉點頭，蓓琪真是喜出望外，緊緊抱住毛毯說：「這是多麼的柔軟和溫暖啊！小姐，這樣昂貴的毛毯，我連摸都沒有摸過，何況擁有？小姐，我真不知道該怎樣感謝妳才好呢！現在，我只有先說謝謝啦！」

說完，她歡天喜地抱著毛毯，回自己的房間去。

# 第24章

# 出人意料的發展

隔日早晨，全校學生和傭人都知道了昨天夜裡，莎拉和蓓琪被明真校長痛罵了一頓的事情。

這當然是拉碧雅故意傳揚出去的，多麼討人厭的女孩子啊！

大家議論紛紛，都想看看莎拉今天會是什麼表情。女傭們都以爲，不管莎拉有如何高貴的氣質，今天肯定會是一副垂頭喪氣的樣子，這可有趣了！

事實卻出乎所有人的意料，莎拉照例到廚房裡去做事，不但絲毫沒有不高興的樣子，還顯得比以往快活了許多。臉色和昨天比起來，也變得紅潤不少，簡直判若兩人。女傭們個個都覺得莫名其妙，面面相覷。

甚至，連蓓琪都不像以前那樣的畏怯了。她滿面春風，洗刷鍋子和盤子的時候，嘴裡還快樂地哼著小調！

趁著莎拉走過身邊的機會，蓓琪小聲地對她說：「小姐，我睡醒的時候，那毛毯還在呢！」

「是啊，我的房間也和昨夜完全一樣。我換衣服的時候，還吃了一點昨晚剩下來的東西。」

「真的嗎?那可太好了！」

兩人相視一笑。

就在這時，廚師進來了，她們趕緊閉起嘴巴，裝作什麼事也沒有發生過的樣子，繼續各自忙碌。

教室裡面，明真校長也想看看莎拉今天到底會是怎樣的神情，急切地在那兒等候她出現。拉碧雅面帶狡猾微笑，一副等著看好戲的模樣。

很可惜，莎拉讓她們「失望」了。她竟然掛著神采奕奕的表情，以輕鬆愉快的腳步走進教室。

明真校長簡直呆住了，竟有些懼怕，忍不住問道：「莎拉，妳知不知道自己昨晚剛挨了一頓臭罵？」

「我知道。」

「那麼，爲什麼要故意裝出一副像是遇到什麼好事情的樣子？妳太傲慢了！別忘記了，今天一整天妳都不能吃東西！」

「是的，我沒有忘記。」

莎拉一邊回答，一邊在心裡想，真應該感謝神秘的友人。如果沒有這位魔術師朋友，我今天將不知會多麼難受呢！

明真校長心裡非常不服氣，簡直不敢相信，世界上會有個性這樣剛強而且奇妙的女孩子。

還有比明真校長更不服氣的人呢！那就是拉碧雅。滿以爲會見到垂頭喪氣的莎拉，自己將可以痛快地嘲弄她，想不到完全不是那麼回事。

「莎拉真是好奇怪！」她氣呼呼地向潔西說：「看她的表情，好像吃過了一頓豐盛的早餐似的，真是豈有此理！」

「是的，她真的異於常人！」潔西偷偷地朝莎拉那邊望了望，小聲地說：「有的時候，我想想還會害怕呢！」

「妳真傻。」

拉碧雅嘴上雖然這麼說，心中也感到一種說不出的恐懼。

莎拉似乎完全不在意別人訝異的表情和議論，以輕鬆愉快的心情走進低年級學生的教室，開始教她們法語。

看見她精神飽滿的樣子，最高興的就是艾美了。

對於昨晚的事，艾美的感受和拉碧雅不同。性情善良而溫和的她，想到莎拉一整天都吃不到任何東西，而這一切都是因自己而起的，難過得沒有胃口，幾乎一夜就消瘦了下來。

然而，真奇怪，今早的莎拉卻比以往更快活、更神氣！她不由想，莎拉真了不起，她一定具有我們所沒有的某種偉大的力量，不愧是莎拉公主！

大約在同時間，隔壁印度紳士的家裡，很難得地傳出了愉快的笑聲。蘭達斯正在向他的主人報告有趣的消息。

「我們的計劃完全成功了嗎？」

「是的，進行得非常順利圓滿。安排好一切之後，我一直在待在那兒看著，不久，那孩子突然醒了，望了望室內的情形，還以爲是魔術師來到她的房間佈置的呢！所有的東西，都和平日幻夢中的情景一樣，卻真實地出現在身邊，她高興得哭了出來。後來，她就把隔壁的女傭請過來，兩人一起用餐。當時她們那種驚喜和感激的樣子，簡直無法形容。」

「那很好，我們只是做了一點點事，就能使那不幸的孩子得到無比的快樂，這才是最令人感到愉快的。」

「是的，我也覺得高興極了。這都是主人所賜的恩惠，不但那個孩子感激，我也非常感激您。」

「哪裡，哪裡。應該是我向你道謝才對啊！這一切都是你想出來的好主意，使我有幫助別人的機會。而且，還可以藉著做些這樣的事，打發這些無聊等待的日子。我們這樣做，也許上帝會賜福，說不定不久之後，就能夠找到我要尋找的那個孩子。」

「上帝要我們幫忙別人，使別人高興，我們都做到了。所以，我相信您要找的那位小姐，一定能夠找得到。此外，您的身體一定會很快恢復健康。」

莎拉考慮了很久，決定把昨夜發生的奇蹟當作秘密加以保守，不讓任何人知道。她心裡想，那位魔術師也一定希望她保守秘密，所以才刻意用了那樣奇妙的方法使自己高興。

可是，若明真校長或阿米亞小姐到閣樓上來，那可就糟糕了！不過，看情形，她們最近應該不會來。

至於艾美和樂蒂，由於發生了昨晚的事情，特別被明真校長注意著，恐怕也不會有機會溜上來。那麼，只要莎拉本身和蓓琪不說出去，這個令人快樂的秘密就可以保持一段相當久的時間。

「蓓琪，昨晚的事情，千萬不能告訴別人啊！」在餐桌旁收拾的時候，她小聲地叮嚀蓓琪。

「當然。」

到了傍晚，莎拉感覺肚子又有點餓了，她告訴自己，到了晚上，回到房間裡，一定還會有許多好吃的東西等著她。

終於結束了一天的工作，她回到閣樓上，站在房間門口，心卻跳得很厲害。「也許，美妙的一切又被收回去了，只是借給我用一個晚上而已。我確實是享用了一整個晚上，那絕對不是做夢。」

不論怎樣，自己都應該滿足了。

最後，莎拉把心一橫，打開門踏進室內，又立即關上了門，背靠住門扉，眼睛飛快地掃視了一下室內的情形。

很顯然，今天她不在的時候，魔術之神又光臨過了，不但昨夜的東西還在，今天又另增添了許多呢！

餐桌上準備好了相當豐富的晚餐，而且今天，碗盤以及其他餐具，都特地準備了兩套。爐棚上鋪上了典雅的繡花巾，上面還陳列著幾樣漂亮的裝飾品。又髒又破舊的牆壁，全部被美麗的圖畫和畫框巧妙地遮蓋起來。木箱子上面蓋上了精緻的花毯，放了幾個綿墊子，可以讓人舒服地躺著看書。

莎拉心裡不禁驚歎地想著：「啊！這一切多像童話故事啊！我要什麼，便會有什麼，就算是金剛鑽，或者裝滿黃金的袋子……只要我想要的，一定都會出現。奇妙極了！這就是昨天那個閣樓的房間嗎？我覺得，就連自己都已經不是昨天的我了。現在的我，好像住在童話世界裡！」

莎拉又敲了敲牆，把隔牆的小囚犯叫了過來。

「小姐。」蓓琪一進門便說：「我的床鋪全變了樣了。昨夜在小姐床上的東西，現在都在我那兒呢！」

「喔！真的嗎？」莎拉望了望自己的床鋪，這才發覺，昨夜那條被子和枕頭全沒有了，一床新的厚被子和大羽毛枕頭擺放在上頭。

「哇！太奇妙了！床鋪變得多麼舒服啊！」

「小姐，這一切究竟是從哪裡來的？又是誰送來的呢？」

「蓓琪，這事不需要問，我認爲不知道更有趣呢！我想，他也一定不願意讓我們知道。不過至少，希望有一天能向他道謝。」

兩人又高高興興地圍著餐桌用起晚餐來。這次，蓓琪用的是自己的茶杯，喝著香甜的紅茶，心裡十分高興。

第25章

# 莎拉再度成爲學生

以後的日子裡，莎拉的生活過得越來越愉快。

童話似的故事還是每天繼續著。房間裡，每天都增加一些裝飾，一天比一天舒適起來。過了不久，破破舊舊的半間閣樓已經不見了，變成了擺有許多珍奇傢俱的豪華房間。

每天晚上，莎拉把工作做完，回到房間時，暖爐總是生著火。餐桌上總是預備好了豐富的晚餐，整個房間溫暖而明亮。

因爲有了這種幸福和安慰的緣故，莎拉的身體一天比一天健康，內心又重新充滿了希望。

雖然白天裡仍舊被明真校長以及傭人們欺侮，但是無論何時，只要一想到閣樓上的奇蹟，便能重振精神，不再感到絲毫的難過。

有時，她會想像，想知道那位魔術師朋友到底是怎樣的人。莎拉知道，如果某一天突然提早回到房間，可能就會真相大白，但是她卻不願意這樣做。她相信，那人一定不願意別人知道他的身分，而且莎拉自己也寧願使這件事永遠像童話故事一樣奇妙、神秘，而且有趣。

莎拉的身體漸漸地又胖了起來，臉色越發地紅潤了。

「最近，莎拉的身體越來越健壯，到底是怎麼一回事啊？」明真校長覺得感到很奇怪，有一天，終於忍不住問了她的妹妹阿米亞。

阿米亞小姐也感到莫名其妙，「我也很納悶，不久以前，她還面黃肌瘦，像一隻饑餓的烏鴉。」

「什麼話！」明真校長瞪著眼睛，立即反駁說：「別說得那麼難聽！每頓飯都給她吃得飽飽的，她怎麼會挨餓？」

「是，是的，姐姐。不過，說也奇怪，那孩子的確和以前不大相同了。」阿米亞怯怯地回答。

「她不管做什麼事都和別人不一樣，總是令我焦慮不安。」明真校長皺了皺眉頭，不高興地哼了一聲。

最近，連蓓琪都變得健壯許多，甚至連性格也逐漸穩重。以前那羞怯而害怕見人的性情，得到徹底的改變。

在童話般的奇蹟裡，她也蒙受了許多的恩惠。現在，她也擁有兩條被子、一床溫暖的毛毯，和兩個柔軟舒適的枕頭了。

每天晚上，她都能夠和莎拉在一起，享受美味的晚餐，並且在溫暖的火爐旁開心地談心說笑。

巴士底監獄早已不見，囚犯的影子也已消失。取而代之的，是兩位美麗可愛的少女，在溫暖舒適的房間內，沉醉於幸福的喜悅中。

這一天，又發生了一件令人驚訝的事。

郵差照例送了幾件郵包來，莎拉出去領取，然後把其中最大的一包放在會客室的桌子上。忽地注意到收件人的名字，不禁驚訝萬分。

這時候，明真校長正好走進來，看到莎拉愣在那兒，很不高興地說：「莎拉，妳在那兒幹什麼？還不趕快按著收件人的名字把它送去。」

莎拉沉靜地說：「可是，這是寄給我的。」

「什麼？」明真校長吃了一驚，走過去仔細一看，果然，上面寫的是：

**贈給閣樓右邊房間的少女**。

「我並不知道它是從哪裡寄來的，但是，閣樓右邊的房間，不正是我的房間嗎？」莎拉道。

校長好奇地凝視著郵包。「妳趕快打開，看看裡面是什麼東西。」

莎拉打開包裹一看，裡面竟然是一套非常美麗的衣裳。除此之外，還有襯衣、襯裙、皮鞋、襪子、手套，以及帽子、雨傘等等，全部都是上等、名貴的東西。在上衣的衣袋裡，她還發現了一張紙條，上面寫著：**請妳儘量地穿，如果穿髒了，穿**

破了，隨時都會給妳換新的。

明真校長看了這些東西，立即感覺到，莎拉身上一定發生了什麼奇妙的事。心中想著，也許是自己弄錯了，搞不好這個孤兒的背後，還有人在支援，說不定她還有個很有錢的朋友，或者遠房的親戚，剛剛才找到這孩子的住處，於是就用這種奇特的方式，要重新使她幸福。照這樣看來，我不能再像以前那樣待她了。

她斜著眼睛望了一下莎拉，然後用自從她父親去世以後便從未有過的溫和的口吻說：「莎拉小姐，這一定是個好心腸的人送給妳的。人家既然送來了，而且還說穿髒了、穿破了，就再換新的，妳不如趕快把新衣裳換上吧！然後，請馬上到教室裡來，做自己的功課。從今天起，妳不用再到廚房裡做那些粗活了。」

不久，莎拉換好了衣裳，靜靜地走進了教室。

學生們一看，全驚訝得說不出話來。

「怎麼回事？真把我嚇了一跳！」潔西用手臂碰了碰拉碧雅，「她是不是又變回以前的莎拉公主了？」

「大概鑽石礦山又出現了吧！」拉碧雅用譏諷的語氣說：「不要那樣看她，否則她會更得意忘形的。」

雖然嘴巴不饒人，終究還是掩飾不住內心的好奇和不安。

「到底發生了什麼事？她從哪裡來的錢呢？怎麼又恢復了以前那樣的身份？」完全像潔西所說的，現在進到教室裡來的，真是莎拉公主。至少和兩三個小時之前的莎拉判若兩人。

忽然，明真校長粗聲粗氣地喊道：「莎拉小姐，請妳坐到這邊來。」校長手指的，正是以前莎拉所坐的榮譽座位。拉碧雅的臉色變了，其他學生也個個瞪大了眼睛，望望莎拉，又望望明真校長，驚訝得合不攏嘴。

莎拉緩緩地走到那個位置，既不畏怯，也沒有一點得意的樣子，靜靜地坐下，低著頭，開始閱讀自己的書。

當天晚上，莎拉回到自己的房間裡，和蓓琪吃過晚餐過後，坐在椅子上，望著爐火，默默地沉思著。

「小姐，妳又在想故事嗎？」蓓琪問她。

「不是的。我在考慮，我們應該怎樣做，才能報答那位仁慈的友人？至今我們還不知道他是誰呢！如果拚命地追查的話，那就太不禮貌了。可是，我多麼希望讓他知道，我心裡是如何地感謝他！想讓他知道，我現在已經變得非常的幸福。仁慈的人，雖然不一定希望人家向他道謝，但是他一定想知道，對方是否得到了幸福。

所以我一直在想，到底應該怎麼辦？」

這時，莎拉注意到在桌子上擺著的文具盒。這個盒子是昨天晚上才送來的。她的眼睛立即放出光采。

「咦！我怎麼沒有發現它呢？我可以利用它寫封信，寫好後放在盒子上面。這樣，白天，當他來收拾餐具時，一定會發現這封信，把它帶回去。」

想到這兒，她非常高興，馬上拿起筆來，寫了一封信。

使我變得這樣幸福，至今卻還沒有見面的朋友：

我想，您自己一定希望我能保守秘密，我卻冒昧地給您寫信，請您務必原諒我的冒失。

以前，我們必須忍受著寒冷和饑餓。現在，由於您的關照，我和隔壁房間的少女，都得到了無比的溫暖和無限的幸福。

因為您的仁慈，使我好像生活在童話的世界裡，這一切，我非常感激，所以不能不表示真誠的謝意。

我永遠不會忘記您的恩惠，誠懇地謝謝您。

閣樓裡的少女上

第二天，莎拉高興地發現，那封信和其他東西一起被帶走了。她知道信已經到達魔術師的手裡，心情十分快活。

當天夜裡，空氣很寒冷，從黃昏的時候就開始下起雪來。吃完晚飯以後，她和蓓琪坐在暖爐前面取暖談天。

忽然聽見天窗外面傳來聲音，莎拉停止講話，抬頭朝那裡望去。

「小姐，那裡好像有什麼東西？」

「是的，那聲音很奇怪，也許是一隻貓想要進來，或者隔壁那隻小猴子又跑出來了也說不定。」

莎拉站在椅子上，輕輕地打開了天窗。伸出頭往外張望了一下，果然發現一隻黑色的小動物，蹲在積雪的窗外，凍得全身顫抖。

「啊！真是那隻小猴子。大概是從隔壁的閣樓裡跑了出來，看見了這兒的燈光，所以跑過來。」

「小姐，妳要讓牠進來嗎？」

「當然，外面太冷了。猴子最怕冷，讓牠在外頭受凍，不是太可憐了嗎？我招呼牠進來好了。」

莎拉用平日對麻雀和老鼠說話的那種語氣，伸著一隻手，溫柔地說：「小猴子，請你進來吧！不用怕，屋子裡很暖和呢！」

小猴子大概明白了她的意思，猶豫了一會兒，輕輕靠近她的右手。

「好孩子，好孩子。請你進來吧！」

小猴子把冰冷的身體緊貼在莎拉的胸前，還友善地摸了摸她的頭髮。那一對又小又亮的眼睛，一直楚楚可憐地望著她的臉。

「外面多冷呀！你真可憐。」

莎拉把小猴子抱到暖爐旁邊。見到溫暖的火爐，牠很高興似的，用驚奇的眼光看了看莎拉和蓓琪。

「小姐，你把牠放進來，準備怎麼辦？」

「今天太晚了，我讓牠在這裡住一夜，等到明天，我再親自把牠送回去。小猴子，其實我真捨不得把你送回去，可是又必須回去，否則，你的主人會很焦急、很傷心的！」

臨睡之前，莎拉在床鋪底下佈置了一個溫暖而舒適的窩。小猴子似乎很喜歡這個臨時的窩，像個嬰兒似的乖乖趴在裡面，不一會兒便睡著了。

第26章

# 不是妖精的小公主

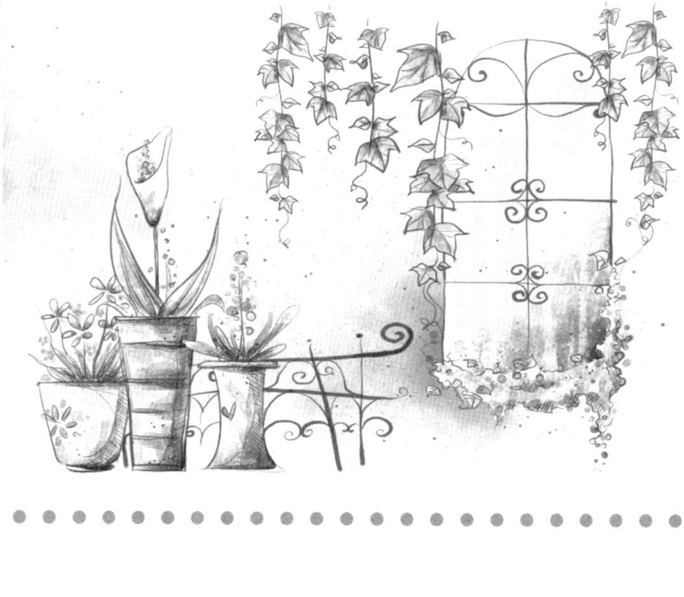

翌日下午，明真學校隔壁的印度紳士房間裡面，來了三個小客人，正是「大家庭」的大姐、二姐和小弟弟。

今天，他們接到了印度紳士的邀請，高高興興前來探望和安慰他。

印度紳士這幾天來一直十分焦慮，急切地盼望著一件事情。

原來，今天正是「大家庭」的主人從莫斯科返回倫敦的日子。比原先預定的日期推遲了好幾個星期，因爲卡麥克先生到達莫斯科之後，根本找不到要尋找的那戶人家。後來透過線索，歷經一番辛苦調查，好不容易才得到住址，然而，那一家人全部都外出旅行去了，家裡沒剩半個人。爲此，他不得不在莫斯科逗留，等候他們回來。

這時，加里斯福特先生和往常一樣，靜靜地坐在安樂椅上，兩個少女則乖巧地坐在他旁邊的地毯上陪伴著。活潑可愛的小男孩不同，獨自坐在鋪在地毯上的一張老虎皮的頭上玩耍，越玩越高興，最後竟大聲吵起來。

大姐阻止他，「弟弟，你不要這樣吵！你這樣大吵大鬧，會影響伯伯休息。大家聽了都快要煩死了。伯伯，您說是不是？」

加里斯福特先生聽了，和藹地微笑起來，用手輕輕拍了拍她的肩膀說：「沒有關係，盡情地玩吧！看到你們玩得快樂，我就能夠暫時忘掉心事。」

「對不起，伯伯，我馬上就安靜下來。」小男孩道了歉，接著又問：「喂，姐姐，我們是不是都要像老鼠那樣安靜呢？」

「是啊！老鼠可不會叫出像你這麼大的聲音。」

「當然會啊！如果所有的老鼠都跑出來，就會有這麼大的聲音。嗯，我想，差不多有一千隻就夠了。」

「胡說！就是有五萬隻老鼠，也不會像你這樣。你要像一隻老鼠那樣安安靜靜才行。」

聽了孩子們的對話，加里斯福特先生忍不住笑了起來，「沒關係，大家熱鬧一點才好，那樣我才能開心呢！」

二姐突然向他請求說：「伯伯，您能不能對我們說說，有關您正在尋找的那位女孩子的事情呢？」

加里斯福特先生無力地說：「當然可以。目前，除了尋找她這件事以外，我簡直沒有心思再去想別的。」

「伯伯，我們都非常喜歡那位女孩子哩！我們時常談論著她，而且替她取了一個名字，叫做『不是妖精的小公主』。」

「喔！爲什麼要這樣稱呼她？」

「因爲，那孩子只要被您找到，就會變得像童話故事裡的公主那樣富有，而且要什麼有什麼，就像神話裡的妖精一樣神奇，所以最初，我稱她爲『妖精國的女王』，但是後來覺得這個稱呼不太合適，便改稱『不是妖精的小公主』。」

「原來是這樣啊！真是有趣，你們很會替別人取些很有趣的名字啊！以前有一個『不是乞丐的小女孩』，現在又有個『不是妖精的小公主』。」

這時，小男孩問大姐，「姐姐，妳向伯伯說過了嗎？那個『不是乞丐的小女孩』，最近不知什麼原因，忽然改變了樣子。」

大姐立刻接著說道：「喔！對了。伯伯，我告訴您。剛才您提到的那個『不是乞丐的小女孩』，最近不知怎的，服裝變得很好，身體胖了起來，臉色也比以前好看許多呢！」

二姐接著說：「我想，她也許被有錢的親人給找到了。」

加里斯福特先生只是默默地聽著，臉上泛著微笑，眼裡充滿了幫助別人後得到的欣慰喜悅。

「啊！是馬車的聲音！」小男孩忽然叫了起來：「啊！它在房子門口停了下來啦！」

孩子們爭先恐後地跑到窗口去看。大姐首先激動地大聲叫喊：「是爸爸！伯伯，爸爸回來了！」

加里斯福特先生也興奮起來，不覺挺直了身子，想要站起來，但是一陣昏眩襲來，身體還是支撐不住，又無力地坐回椅子上。

不一會兒，門口就傳來了他焦慮等候的「大家庭」主人的聲音：「喔！孩子們，現在恐怕不行，等爸爸和伯伯講完正事之後，我再來告訴你們。不要吵，先乖乖地到外面和蘭達斯玩。」

隨著孩子們腳步離去的聲音，房門打開了。

加里斯福特先生好像害怕會看到什麼恐怖東西似的，不安地轉過頭去。

也許，他會帶著孩子回來……

情況不如所想，「大家庭」的主人卡麥克先生獨自一個人走了進來，面上的表情寫明了無奈和失望。

「怎麼樣了？」加里斯福特先生迫不及待地問道：「俄國人收養的那個孩子，到底是不是她？」

卡麥克先生躲避著投在臉上的熱切目光，歉然回答：「恐怕不是個好消息！那個孩子並不是我們要找尋的那個小姐。她比庫爾上尉的女兒小了好幾歲，名字叫做艾美麗．卡爾。我親自去見了那個孩子，也和她談過許多話，她的家人很清楚地告我，她確實不是庫爾上尉的女兒。」

加里斯福特感到失望極了，瞬間便如洩了氣的皮球般垂頭喪氣，沉默了大半天都說不出一句話來。

「大家庭」的主人以同情的眼光望著他，在旁邊的椅子上坐下，安慰說：「也許，我們應該把搜尋的方針改變一下，重新定個方向，再去尋找。還是會有希望的，請您千萬不要灰心。」

加里斯福特先生這才又強打起精神來，抬起頭來道：「那麼，我們立刻就開始，一刻也不能再耽誤下去了。可是，茫茫人海，該從何處下手呢？卡麥克先生，你有什麼線索或建議嗎？」

「大家庭」的主人默默地望著爐火，思索了片刻說：「我在歸途中，忽然想到，應該要改變方針。」

「什麼方針呢？只要那個孩子還活著，她就一定身在世界的某一個地方，我們一定要想盡辦法找到她。」

「是的，她一定就在某一個地方，只要我們不怕辛勞和麻煩，繼續不斷地尋找下去，相信總有一天會找到。巴黎我已經找遍了，連點兒影子都沒有，所以，應該換個地方，是不是也可以在倫敦找找看？說不定她就在倫敦！」

「對啊！倫敦也有不少寄宿學校。」

加里斯福特先生似乎得到了新的暗示，稍微挺了挺身子說：「我們隔壁不就是一所學校嗎？」

「是的，那麼，先從隔壁的學校著手吧！」

「對，我們應該由近即遠。說起來，我已經注意到了一個女孩子，但她並不是學生，不大可能是庫爾上尉的女兒。」

這時，蘭達斯輕輕地走進來，打斷了他們的談話。

「先生，那個女孩子來了，就是隔壁那個可憐的女孩子。她說，昨天晚上我們的小猴子跑到外面去，被抱進了屋子裡，今天特地來送還。」

「喔！是我們的小朋友嗎？」

「是的。我想，要是您可以跟她談談，或許會開心些，就請她先在外邊等著。先生，您要不要見她？」

「很好，你快去請她進來吧！」

「是的。」蘭達斯快活地跑了出去。

卡麥克先生奇怪地問：「你們說的小朋友，是誰呀？」

「就是我剛才說的隔壁學校的那個小女孩，她是個女傭。你到莫斯科的期間，我覺得太無聊了，蘭達斯見我每天過著憂鬱沉悶的生活，便告訴我一些有關那個女孩子的事情。她可能是個可憐的孤兒，於是我們商量後，決定想辦法使她幸福。我們所做的，也許只是像哄小孩子，似乎幼稚得可笑，但是幫助她，讓她快樂，確實使我開心了不少。唉！如果不做這些事，生活簡直寂寞得可怕！」

這時，莎拉抱著小猴子，跟在蘭達斯背後，靜靜地走進房間來。

「先生，就是這位女孩子。」

莎拉很有禮貌地向兩位紳士行了一個鞠躬禮，然後用清脆悅耳的聲音說：「先生，您好。昨天晚上，這隻小猴子又跑到我的窗邊去，因爲外面十分寒冷，我就讓牠進到屋裡去。本想立刻把牠送回來，但是那時已經太晚了，不方便打擾，所以直到今天才將牠送回來。」

加里斯福特先生微笑著點點頭說：「那可真是太感謝妳了。」

高興地望了望莎拉身上的新衣裳，他又說：「請妳到這邊來坐。蘭達斯，快給這位小姐倒杯茶，再拿點糖果來。」

「好的。小姐，把這隻猴子給我好了。」

莎拉依言把小猴子交給了蘭達斯。

「小姐，請妳坐到靠近火爐的這邊來。」

加里斯福特先生非常親切地招呼莎拉，接著問道：「妳到隔壁那所學校裡，已經很久了吧？」

「是的。我到學校來的時候是七歲，到現在已經五年了。」

「妳的父母，現在都在哪裡呢？」

「我生下來的時候媽媽便去世了，爸爸……」

本來，莎拉想說自己的爸爸遇上了跟先生一樣的遭遇，而且不幸去世了，但怕勾起這位紳士的傷心事，便猶豫了一下。

「爸爸怎麼啦？」

「爸爸去年得了熱病，也去世了，在印度……」

「咦！在印度？」

加里斯福特先生的臉色大變，「大家庭」的主人也愣住了，兩雙眼睛不牢牢盯視著莎拉的面孔。

加里斯福特先生急切地追問：「妳是說在印度嗎？原來妳爸爸住在印度呀！這麼說來，妳也曾經在那地方住過？」

「是的，我是在印度出生的，一直住在那裡。七歲的時候，爸爸才把我送到隔壁的學校來唸書。」

「那麼，妳本來是個學生囉？」

「是的。我本來是學校裡特別受到器重的學生，可是，去年爸爸被一個壞朋友騙了，去從事開礦的事業，失敗了以後……」

聽到這裡，加里斯福特先生的臉色一瞬變得蒼白，兩手抱起頭，「大家庭」的主人連忙起身，靠過來扶著他。

莎拉連忙停下，驚訝地望著加里斯福特先生，心想：「這位伯伯怎麼了？是不是我說錯了什麼話，冒犯了他？」

「卡麥克先生！你……你……」加里斯福特先生喘著粗氣，說不出完整句子。

卡麥克先生心領神會地點了點頭，向莎拉問道：「妳原來是個學生，可從爸爸去世以後，就不是學生了，對不對？」

「是的。爸爸去世以後，沒有留下任何遺產，我無法向明真校長付出所有的費用，而且在世上沒有親人，也沒有人來照顧我，所以……」

「那麼，請問……妳父親叫什麼名字？」

「萊福．庫爾，人家都稱他庫爾上尉。」

「那麼，妳的名字呢？」

「莎拉．庫爾。」

「就是她！就是她！」

加里斯福特先生激動得說不出話來，好不容易才擠出聲音，叫道：「就是她！卡麥克先生，正是這個女孩子！沒錯！絕對沒錯！」

他瘋狂地嚷著，停不下來。

費盡千心萬苦尋找的女孩子，終於找到了，而且現在正站在眼前。這孩子就住在離自己很近的隔壁的房子裡，更奇妙的是，原來自己早就在私下裡幫助著她！啊！這是多麼奧妙而不可思議的巧合呀……

莎拉並不知道其中緣故，見這位印度紳士失神的樣子，怯怯地抬頭望了望「大家庭」的主人，問道：「請問伯伯，我是不是說錯了什麼話？」

卡麥克先生也興奮得喘不過氣來，鎮定了一下，這才鄭重地說：「小姐，請妳不要驚慌。我告訴妳吧！這位，就是妳父親的那個『壞朋友』。」

「什麼？」

「我們這一年來，不知費了多少精神力氣，到處尋找妳的蹤跡。我還爲了找妳，不遠千里到莫斯科去尋找，今天才剛回來。我們把巴黎所有的學校都找遍了，剛才還在商量，預備從明天開始在倫敦所有的學校裡尋找呢！」

第27章

# 莎拉重獲幸福

一切發生得太離奇，太突然了。莎拉和印度紳士一樣，一點心裡準備也沒有，驚訝、茫然、不知所措，好像墜入了夢中。

過了一會兒，她總算漸漸恢復了平靜，心裡交織著悲傷和疑惑。這位先生真是爸爸的朋友嗎？他就是欺騙爸爸的那個壞朋友嗎？

這時，「大家庭」的主人的太太聞訊，匆匆忙忙地趕來了。是蘭達斯去向她的報告說，印度紳士已經找到了那個尋找多時的女孩子，竟然就是「明真女子模範學校」裡的那個小女傭。

她也為這意想不到的消息大吃了一驚，急急忙忙跑來探望。

「這是多麼令人驚訝而且高興的事啊！」卡麥克夫人一進來便將莎拉緊緊摟進懷裡，在她的額上吻了又吻，激動地對她說：「親愛的孩子，妳受到驚嚇了吧？太好了！我們的心血總算沒有白費，終於找到妳了。」

卡麥克先生對他的夫人說：「妳先帶小姐到別的房間去，把一切經過情形詳細告訴她，不要讓加里斯福特先生太過疲倦。」

「好的，小姐，請隨我到那邊的房間去，我會慢慢地將一切經過告訴妳。」

莎拉跟著「大家庭」的女主人到了另一個房間去，坐定了以後，便用微微顫抖的聲音問道：「請問您，那位先生，就是我爸爸的……壞朋友，是嗎？這是真的嗎？」

「唉！真可憐啊！妳並不知道事情的真實情況，所以……」卡麥克夫人歎了一口氣說，「也難怪會這樣想。我告訴妳真實的情形吧！加里斯福特先生絕不是壞人，從頭到尾都沒有欺騙妳父親。他們的事業最後成功了。」

「可是，爸爸認爲失敗了。」

「是的。就連加里斯福特先生那時候也判斷錯誤，以當時的情形來看，他以爲事業已經沒有希望了。當然，妳爸爸也是那樣想的。妳爸爸患上熱病的時候，加里斯福特先生正在旅途中，也不幸地得了一樣的熱病，差點死掉。病情稍稍好轉以後，他立即趕回印度去，可是那時候，妳爸爸已去世了……」

「那麼，那位先生不知道我在哪裡，是嗎？」

「是的。起初，他一直以爲妳在巴黎求學，但沒有任何確實的線索，並且被許多不同的消息誤導，所以雖然盡了最大的努力，還是沒能找到妳。」

「他時常看到妳由他家的門前經過，每次看到妳的樣子都覺得很可憐，但他做夢也不會想到，妳就是他苦苦尋找的人哪！由於十分同情妳的處境，很想使妳快樂起來，他讓蘭達斯不斷將許多東西送到妳的房間裡去……」

「啊！」莎拉吃驚得幾乎從椅子上跳起來。大眼睛眨了又眨，一閃一閃，放出像星星一般的光輝。

「那些東西都是蘭達斯送去的嗎？是那位先生吩咐蘭達斯送去的，是嗎？難道使我變得幸福的，正是加里斯福特先生？」

「是的，是的。加里斯福特先生確實就是這樣仁慈的人。他整天為了杳無蹤跡的莎拉．庫爾擔憂，所以更加同情妳的處境。」

原來是這樣！原來那位先生就是那位「看不見的友人」！就是他，使自己和蓓琪得到了無限的幸福和快樂！

莎拉明白了一切以後，心中對印度紳士的疑惑，立刻像晨霧般被蒸散了。

加里斯福特先生是個相當仁慈善良的人，莎拉相信，他絕沒有欺騙爸爸，一切都是誤會。此時，她的心情，已經像初夏的雨後的天空那般晴朗。

不久，「大家庭」的主人卡麥克先生推門走進來，向莎拉打了個招呼，大概是加里斯福特先生的情緒已經鎮定下來了。於是，莎拉帶著欣喜，跟著卡麥克先生與夫人，踏進了印度紳士的房間。

站到安樂椅旁邊，她感激地說：「伯伯，就是您一直送給我們那些美麗的東西，對嗎？是您使我們得到夢一般的幸福和快樂，對嗎？」

加里斯福特先生望著莎拉，那種眼光，就像已故的庫爾上尉看著女兒那般溫柔慈祥。她情不自禁地跪在他身邊，就如以前跪在父親面前一樣。

「伯伯，請您原諒我。過去，我一直以爲伯伯是欺騙爸爸的壞人。但是現在，我全都明白了，那是一場誤會。我知道，伯伯是一位非常仁慈的人，而且是我日夜想念著的朋友。」

「是啊，我們之間不是早就建立了濃厚的友誼嗎？從今以後，我們的友情還會更加深切濃厚。」

激動的淚水不斷地湧出來，莎拉把臉貼在印度紳士的膝蓋上，她實在太高興了！「我太高興了，伯伯就像我的父親一樣。」

「女兒，可愛的女兒啊……」加里斯福特先生點著頭，消瘦的臉上，淚水也情不自禁地、不斷地流下。

現在，上帝終於將無比的幸福賜與了兩個不幸的人。

忍受了無窮苦難的莎拉，終於得到了本該屬於她的幸福。在天國的父母若有知，應該也會萬分地欣喜吧！

「大家庭」的主人夫婦默默地望著他們倆，面帶微笑，眼中都充滿了歡喜和感動的淚水。

此刻，連桌上的那束黃玫瑰，都顯得更美麗了！

「大家庭」的孩子們知道了「不是乞丐的小女孩」原來就是「不是妖精的小公主」時，全都高興得歡呼跳躍，歡天喜地鬧成一團。

兩位女孩子和小男孩在得到父親的允許後，爭先恐後地跑進印度紳士的房間，把莎拉圍在中間。

大姐高興地說：「原來，伯伯一直在尋找的女孩子就是妳呀！能夠找到妳，我們真是太高興了！妳並不瞭解我們是怎樣喜歡妳吧？」

二姐則說：「我們時常談論妳的事情，每天也談論著另外一個妳呢！怎麼也想不到，我們認識的女孩和伯伯尋找的女孩，竟然是同一個人！」

小男孩似乎覺得很懊悔，很不好意思地說：「去年聖誕夜裡，我不是還給妳錢嗎？如果那時候，我先問一下妳的名字，妳一定會告訴我妳是『莎拉·庫爾』，那麼，我們就會知道伯伯要找的人是妳了。」

莎拉的驚喜也絕不小於他們。這麼快就和她所喜歡的「大家庭」的孩子們成了好朋友，簡直就像童話故事裡的情節一般。

是的，這是一篇美麗而溫馨感人的故事：一位因種種誤會而淪爲乞丐的公主，忽然之間被尋找到了，總算能重回宮殿，過著幸福快樂的生活。

按照加里斯福特先生的意見，莎拉決定不再回到明真女子模範學校去，由「大家庭」的主人作代表，出面和明真校長解決一切問題。

當天晚上，在學校裡，學生們聚集在活動室的暖爐前閒談著。這時，艾美拿著一封信走了進來，圓圓的臉上，表情非常奇妙。

「怎麼啦?艾美，看妳那副怪樣子。」

兩三個人不約而同地這樣問她。

「我剛剛收到莎拉小姐的信。」

「莎拉小姐來信了？」

「她現在在哪裡？」

艾美說：「就在隔壁那位印度紳士的家裡。」

「哇！」大家一起叫喊起來。

「那麼，莎拉是被趕走了嗎？」

「是不是明真校長把她趕走了？」

「爲什麼她會到隔壁去呢？」

「趕快把詳細情形告訴我們吧！」

大家七嘴八舌地問個不停，吵得艾美簡直都受不了，過了好半晌，才慢慢地說明起事情的始末。

「她父親的鑽石礦山成功了，最後真的成功了！」

女孩們聽得目瞪口呆。

「他們的事業本來就已經快要成功了，然而，因爲加里斯福特先生判斷錯誤，使他以爲……」

「誰是加里斯福特先生呀？」潔西插嘴問。

「就是印度紳士，隔壁那幢房子的主人。他以爲他們的事業完全失敗了，當時莎拉的父親也是那樣想，直到他得病死去的時候，還不知道真相。而那位加里斯福特先生，當時也染了熱病，差點就和莎拉的父親一樣，遭遇同樣的悲慘命運。後來，他發現，原來他們沒有失敗，礦山裡藏有幾十萬、幾百萬的金剛鑽！這些財富有一半是屬於莎拉小姐的，可是，他不知道莎拉小姐在什麼地方。於是，他到各地尋找，誰知道莎拉小姐一直在我們這兒受苦！今天，加里斯福特先生終於找到了她，立刻就把她帶走了。莎拉小姐以後不會再回來了，她將變成比以前還要高貴的公主！明天中午，我將要去探訪她！」

艾美一說完，活動室裡馬上響起一陣陣驚歎聲。大家都在談論莎拉的事，明真校長根本也無法使她們安靜下來。

就連拉碧雅，也裝不出毫不在乎的樣子了。

全部人一時都忘了起居規則，逗留在活動室裡，輪流著將莎拉的來信看了一遍，一直談到入夜才散去。

信的內容，遠比幻想更離奇、更曲折。而且，故事就發生在身邊，它的主角，就是莎拉本人和隔壁的印度紳士，所以更加具有魅力。

少女們都覺得自己也成了這個故事中的人物，心情都激動起來，興高采烈地鬧個不停。風聲立刻傳到了傭人們的耳朵裡，廚房裡面的人現在談論的唯一的話題，便是有關莎拉的一切。

蓓琪也知道了，高興得哭了起來，衷心地祝福：「啊！真好。感謝上帝，您讓莎拉小姐又變成幸福的公主了！真是好極了！」

不過，一想起從今以後自己又要孤零零一個人了，不覺感到難過，眼淚汩汩地流個不停。

今晚，蓓琪比平常更早回到閣樓上去，希望再看一看那個魔術的小房間。

她邊走邊想：「現在，閣樓裡面的爐火恐怕已經熄了吧！溫馨的粉紅色檯燈和豐盛的晚餐，也不會再有了。閣樓裡面，不會再有那位時常給我講故事和安慰我的小公主了。啊！溫柔仁慈的莎拉公主，妳走了，蓓琪會是多麼孤單……」

強忍住眼淚，推開了房門，下一秒，她卻驚奇得喊出聲音來。

燭光照得全室通明，爐火熊熊地燃燒著，小桌子上已經準備好了豐富的晚餐。而且，蘭達斯正微笑著站在那兒。

「莎拉小姐很關心妳，因此對我的主人提起了妳的遭遇。莎拉小姐希望把她的幸福和妳一起分享。請妳看看桌子上的信吧！那是她寫給妳的，她實在不希望妳一個人寂寞悲傷地繼續住在這裡。我的主人說，明天將邀請妳一塊來參加小姐的聚會。另外，從明天開始，小姐要妳伴隨著她呢！至於今晚，我得把這些東西，全部再從天窗搬回去。」

說罷，他行了一個舉手禮，敏捷地從天窗輕輕地跳了出去。

蓓琪先是一陣感動，接著恍然大悟地想：「他有這樣的本事，難怪能輕易地把這麼多東西搬運進來。原來如此！」

第28章

# 圓滿的結局

終於，莎拉又恢復了昔日公主般的生活。

經過了這段時日艱苦的磨練，她的心靈變得更加堅強，也更加高尚。

她和印度紳士很快便建立了感情，兩個人談得非投機。相處在一起的時候，莎拉總覺得自己又回到了父親的身邊。

印度紳士原本虛弱的身體，一天比一天健康起來。他好像變了另一個人似的，整天都很輕鬆愉快。從前萬念俱灰的時候，他總是覺得那些財產是心理上的重擔，總是因它而憂慮、煩躁。現在，找到莎拉了，他由衷感到幸運。這筆財產，將來可以為她做許多事情呢！

「大家庭」的孩子們，幾乎每天都到印度紳士家裡來玩。

他們最喜歡聽莎拉講自己的身世和所遭遇到的那些離奇的故事，不厭其煩地要求她講了一遍又一遍。

無論是誰，都喜歡在溫暖的火爐邊，以輕鬆的心情聽她講那發生在學校裡的饑寒交迫的故事，還有閣樓裡的種種。孩子們聽了美兒琪、麻雀，還有從天窗所能看見的一切景物，全都覺得閣樓是個相當有趣的地方。當莎拉講到宴會和幻想變成事實的情景，他們忍不住鼓掌喝采。

講完了長串的故事，莎拉深深歎了一口氣，說道：「我實在太高興了！原來，我的魔術師朋友就是加里斯福特伯伯。」

現在，她實在太幸福、太愉快了！

還有一個人比她更快樂，那就是蓓琪。

被接到印度紳士家裡來以後，總算過起了比較像樣的少女生活。過去閣樓裡那段淒慘不堪的歲月，彷彿一場惡夢。

「蓓琪，也許那時候不過是幻想，而現在，才是真正的生活！」

「小姐，我真的太幸福了。有時候，我想起來會覺得害怕，怕的是這種幸福的生活，不久便會像夢幻一樣消失了。」

「哈哈！不會的，妳放心吧！那是絕對不會的。」

這天晚上，外面正下著滂沱大雨。莎拉若有所思地坐在火爐前面，望著熊熊爐火，很久很久都沒有動一下。

印度紳士發覺她在沉思，便溫柔地問道：「莎拉，妳在想什麼呢？」

莎拉的臉上浮上一層紅暈，回答說：「伯伯，我正在回憶一件事。我想起有一次，我非常的饑餓，也在那一天，遇見了一個很可憐的孩子。」

「那段日子裡，妳不是天天都在挨餓嗎？」印度紳士用憐憫的語氣問道：「到底是哪一天呢？」

「喔！我還沒有告訴您哪！就是我的夢幻變成事實的那天。」

莎拉開始描述整個經過，從自己在麵包店前面的水溝裡撿到一毛錢開始，接著在麵包店的門口，遇見一個更可憐、更饑餓的孩子，於是就用撿到的一毛錢買了六個麵包，然後把其中五個麵包送給了那孩子吃……。

印度紳士低下頭，閉起了眼睛，難過得幾乎聽不下去。

「所以，我剛才在想，我應該爲那樣的可憐人多做一些事情。」

「妳想做些什麼呢？」

莎拉猶豫了一下，說：「嗯……伯伯，您不是說過，我現在有很多錢嗎？我想到那個麵包店的太太那裡，告訴她，以後如果再碰到像那樣饑餓可憐的孩子，在門口張望或者坐在門前，請把他們叫進店裡去，把麵包送給那些可憐的孩子們，讓他們儘量吃個飽。然後，請她將帳單送到這兒來，我將照數付錢給她。伯伯，我這樣做可以嗎？」

「當然可以。莎拉，妳的心地真是太善良了！明天早晨就去做吧！」

「真的嗎？我真的很高興。這才像是真正的公主啊！可以隨時幫助那些窮苦的人。」

第二天早晨，大雨還是下個不停。

莎拉帶著蓓琪，坐上一輛美麗的馬車，朝那家麵包店駛去。

當兩個人走下馬車時，那位胖太太正巧像上次那樣，端著一大盤剛出爐的甜麵包，往櫥窗裡放。

莎拉走進店門，胖太太回過頭來看著她，好像吃了一驚，凝視著她的臉孔，顯然不太相信自己的眼睛。過了好一會兒，才露出微笑。

「想起來了，妳就是上次那個……」

「是的，太太。上次真謝謝您了。」莎拉微笑著回答。

「真是上一次那位小姐呀！感謝上帝，妳現在完全變了個樣子，變得十分高貴！」

「是的。感謝上帝保佑，我現在變得很幸福。今天，特地來求您一件事。」

「咦，我能幫得上妳什麼忙呢？有什麼事情，請直說。」

於是，莎拉把自己的想法告訴了她。

胖太太聽了，非常感動，「我感到多榮幸啊！我當然樂意接受妳的吩咐。不瞞妳說，從那一天起，因為受了妳的影響，只要看見可憐的人，我便免費送麵包給他們吃。當然，我一個人的力量有限，不能做得令人十分滿意。現在有妳的支持，真是太好啦！」

「謝謝您。太太，一切都拜託您了。」

莎拉準備告辭，胖太太慌忙叫住她說：「小姐！請妳等一下。這兒有一個人，要親自向妳道謝。」

說完，她便匆匆跑進屋裡面去，不一會兒，帶著一個小女孩走出來。

「原來是妳啊！」

莎拉一看，馬上就認出了是那天遇見的那個小乞丐。不過，現在的她，穿上了一套很整潔的衣服。

胖太太笑著把詳細經過向告訴了驚訝的莎拉。

女孩子的名字叫做安娜。原來那天，胖太太告訴她說，以後饑餓的時候可以到這兒來，她很感激，便在要麵包吃之餘，幫店裡做一些事。胖太太發現這孩子其實又聰明又能幹，而且很聽話，便收留了她，讓她幫忙做雜務。

「安娜，太好了！」莎拉由衷地表示高興。

「這一切都是託小姐您的福，真是謝謝您，願上帝保佑。」安娜的臉微微泛紅，非常可愛。

滂沱大雨中，馬車載著莎拉和蓓琪，駛離了麵包店。

胖太太和安娜兩個人站在門前，輕揮著手，目送著馬車駛入雨中的街道，漸漸、漸漸漸地走遠。

過了一會，車影終於消失在街頭的轉角處。胖太太輕輕地歎了一口氣，自言自語地說：「這位小姐，真像是一位高貴公主，而且十分仁慈，能如天使一般熱心幫助窮苦的人們。她真的相當了不起呀……」

兩人若有所思地站在門口，好久好久，才走回店裡去。

•全書完

靈魂深處無助的生命絕唱，
日本無賴派文學大師太宰治代表作品

# 人間失格

にんげんしっかく

太宰治 著

纖細而敏感的人最容易在人間受苦，幸福並非理所當然，美麗往往象徵著沉重的壓力，
明知道越沉淪越沒人格，仍舊選擇墜向無法自拔的深淵。
深深的絕望源自內心的迷茫，為了逃避現實而不斷沉淪。
經歷自我放逐，終究一步步走向自我毀滅的悲劇。
日本無賴派文學大師太宰治藉由小說主角的人生遭遇，巧妙地將自己的一生與思想涵蓋其中。
認為自己是個「失去人格的人」，在小說中描寫一個中年男子的墮落過程。
實際上是拿著文學的利刃，切割自己最柔弱的內心深處……

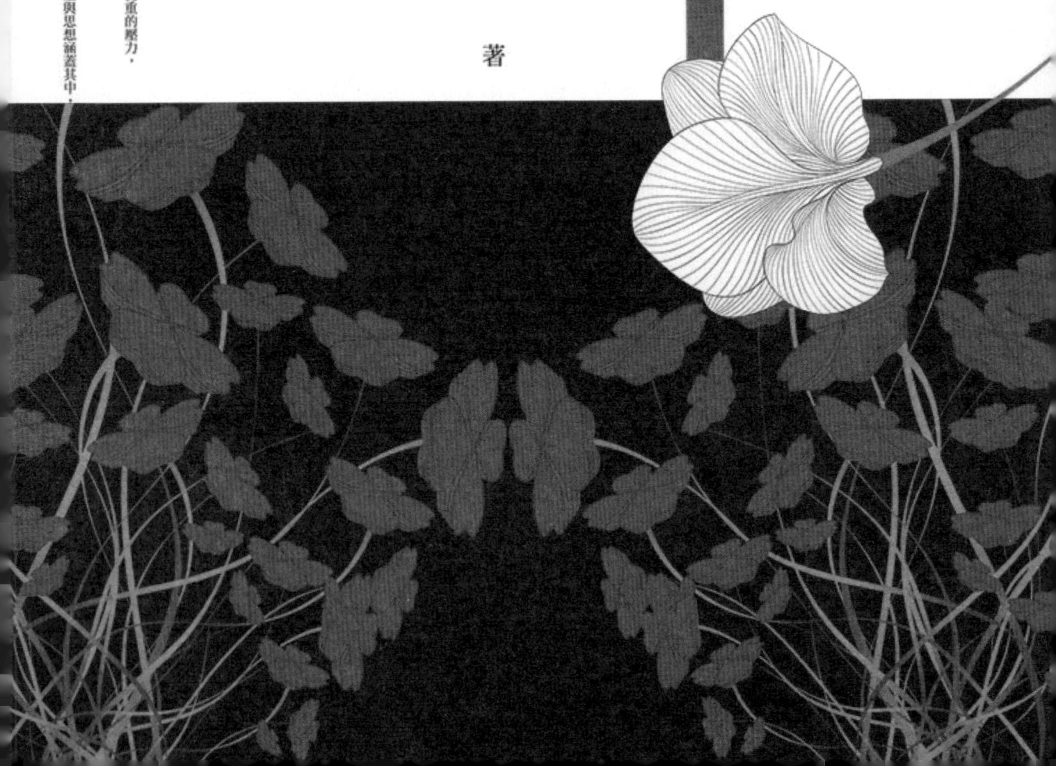

# 阿Q正傳

THE TRUE STORY OF AH Q

魯迅短篇小說
精華典藏版

魯迅——著

魯迅，中國近百年小說發展史上最偉大的文學巨匠，
也是享譽國際的偉大作家，他的作品無論在藝術或思想上，
都有著深遠的影響力和穿透力；《狂人日記》是他的成名代表作，
呈現了混亂時代的騷動，反映出病態社會的悲哀，人性的善良與醜惡，
書中以隱喻的筆調揭露「禮教吃人」的猙獰面目，
諷諷那些衛道的偽君子「話中全是毒，笑中全是刀」。

國 家 圖 書 館 出 版 品 預 行 編 目 資 料

小公主／
F・H・勃內特著. —第 1 版. —：新北市, 前景
民 107.08 面； 公分. - (文學經典：08)
ISBN◉978-986-6536-71-7 (平裝)

作　　者　F・H・勃內特
譯　　者　楚　茵
社　　長　陳維都
藝術總監　黃聖文
編輯總監　王　凌
出 版 者　前景文化事業有限公司
行銷企劃　普天出版家族有限公司
新北市汐止區康寧街 169 巷 25 號 6 樓
TEL / (02) 26921935 (代表號)
FAX / (02) 26959332
E-mail：popular.press@msa.hinet.net
http://www.popu.com.tw/
郵政劃撥 19091443 陳維都帳戶
總 經 銷　旭昇圖書有限公司
新北市中和區中山路二段 352 號 2F
TEL / (02) 22451480（代表號）
FAX / (02) 22451479
E-mail：s1686688@ms31.hinet.net
法律顧問　西華律師事務所・黃憲男律師
電腦排版　巨新電腦排版有限公司
印製裝訂　久裕印刷事業有限公司
出 版 日　2018 (民 107) 年 8 月第 1 版
ISBN◉978-986-6536-71-7　　條碼 9789866536717

文學經典
08
小公主

普天之下・盡是好書

普天出版家族
Popular Press Family

凌雲文創
A-Plus Creative Company